字首、字根、字尾記憶法

【修訂版】

蘇秦、楊智民、Dana 著

晨星出版

高頻字首字根字尾 70 篇

蘊含構詞、音韻、字源、歷史語言等詳實義理
融入趣談、典故、論證、學習策略等清晰敘述

兼具學理與實務
包含理性與感性

完整呈現英語字彙的時空堂奧
完美展現字彙學習的瑰麗圖騰

· 獻給 ·

英語教學者
英語學習者
單字教學力度疲弱的台灣土地

PART 1 字首、字根、字尾變化組合

PART **2** 桌遊卡牌的遊戲玩法

依據美國國家閱讀審議會（National Reading Panel）的報告，閱讀包括五基本要素：音素覺識（phonemic awareness）、聲韻分析（phonetic analysis）、閱讀流暢性（fluency）、字彙發展（vocabulary development）及理解（comprehension）。Moats（2004）提出閱讀教學策略應包括音韻覺識（phonological awareness）教學、重視字義、結構及字源的字彙教學等。

直言之，知曉構詞與音韻不僅是字彙學習的起手式、閱讀流暢的房角石，更是英語學習的基本功。

就學習而言，「構詞」就是針對詞素與字源的了解，「音韻」則是掌握詞素黏接時的唸音及拼字的變化規律。構詞音韻解碼字彙形、音、義要素，鋪陳字彙學習圖騰，掌握構詞音韻，就是手握字彙學習的鑰匙，開啟英語學習的寶庫。然而，目前國內構詞音韻的教材教法付之闕如，相關的研發尚未起步，甚至裹足不前，不僅令人抱憾，也是英語教學的一大缺憾。

有鑑於此，吾等歷經數載，考量構詞音韻的教材需求與教學實務，精心規劃《字首、字根、字尾記憶法（修訂版）》此一配套完整的獨創作品。配套說明如下：

1. 書籍一本

PART 1 是 70 個詞素的詳細解說，也是本書的核心語料，包括 20 字首、20 字尾、30 字根，每單元都涵蓋該詞素的字源典故、構詞音韻變化、構詞衍生特徵、重要例字及學習技巧，引導讀者盡攬詞素歷史風華、玩賞構詞音韻曼妙、直擊構詞衍生堂奧，兼涵理性與感性、義理與技巧，強化單字學習力度，薰陶詞彙賞析品度。

PART 2 是 70 詞素的桌遊卡牌遊戲玩法建議。根據 PART 1 的 70 詞素製作 128 張桌遊卡牌，提出 22 種玩法建議，詳細說明遊戲目的，例如：加強記憶力／推理能力／專注力／反應力、遊戲人數、遊戲難度、建議時間、注意事項、準備工具等，無論是教師備課或是自學，皆能輕鬆上手、不亦樂乎，達到「始於智慧、終於歡樂」的寓教於樂作為。

2. 影片二套

第一套影片是 70 個詞素的影音教學，QR Code 隨掃即看，由共同作者 Dana 老師親自錄音講解，讀者輕鬆掌握 70 詞素的構詞音韻重點，快速運用於單字解析記憶。教學運用方面，學生課前預習詞素解說影片，上課分享討論，符合翻轉教學理念。

第二套影片是 1～20 個桌遊卡牌的遊戲玩法，Dana 老師將卡牌玩法分成「熟悉詞素的基本玩法」和「單字組合進階玩法」共二部分，循序漸進引領讀者成為英語桌遊玩家，單字勝利組。

3. 卡牌一套

隨書附贈 32 頁卡片，讀者可自行延著虛線剪裁成 128 張桌遊卡牌。

值得一提的是，本書尚附錄「卡牌組合單字索引」，以實際語料驗證詞素（構詞衍生的元素），也是單字擴增、預測拼寫的利器。

書本、影片、卡牌，多元呈現構詞音韻的學習面貌；論述、例字、遊戲，三股合繩構築單字學習的堅實網絡。時值《字首、字根、字尾記憶法（修訂版）》製作完成，書本付梓之際，衷心感謝國內諸多詞素及桌遊教學先進，由於您們的努力與付出，吾等方能順利規劃、完成該書；感謝晨星出版編輯團隊，由於您們的集思廣益及竭心盡力，本書方能以最佳品質呈現給廣大讀者。臺灣的單字教學若能因本書的問市而創新發展，則善莫大焉。

影音教學說明

使用指南

- **PART 1　字首、字根、字尾變化組合**

  每單元右上角都附有該詞素的影音教學影片編號。

  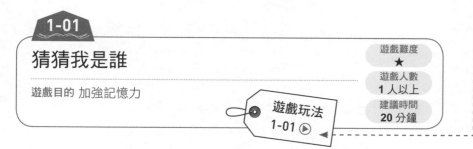

- **PART 2　桌遊卡牌的遊戲玩法**

  1 ～ 20 個遊戲玩法最上面，都附有該遊戲的影音教學影片編號。

- **全書影音教學播放網址**

  手機掃描 QR Code，或使用電腦輸入網址，按照所需影片編號點選，就可立即連上 YouTube 收看影音教學。（請確保網路連線順暢）

https://video.morningstar.com.tw/0170003/0170003.html

桌遊卡牌介紹

　　本書精選的這 70 個字首、字根、字尾，就是語言學說的「詞素」
（morphemes），可以在 PART 1 每個單元的大標題找到，我們要做的第一
步就是熟識這 70 個詞素，請仔細閱讀 PART 1 的詳細介紹。

　　隨書附贈 32 頁卡片，讀者可自行延著虛線剪裁成 128 張桌遊卡牌，包
含 70 張不同詞素＋ 48 張重複詞素＋ 10 張萬能卡。

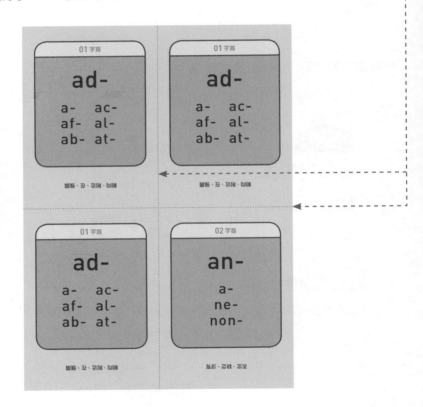

　　剪裁完成之後可以在卡牌的反面看到 70 個基本詞素、中文定義，有些
基本詞素還可以延伸出同源詞素或變體，上方還有字首、字根、字尾的編號
和類別。

卡牌正面右下角有全書影音教學網址 QR Code，用手機掃描之後會看到 70 個詞素的影音教學，和 1 ～ 20 個卡牌遊戲玩法，所以出門不用帶著本書，也可以輕鬆瞭解此字的發音和詞素的組合。

正面

反面

　　建議每次使用時，可以從附錄 1「卡牌組合單字索引」（頁 158）找出 8 ～ 10 個單字，然後查出組合單字需要用到的字首、字根、字尾，並將這些詞素卡從卡牌堆中選出來。

　　所以現在我們手上會有 20 ～ 30 張的卡牌，可以把這些卡牌以字首、字根、字尾來分三類放在桌面，反面朝上確認每個詞素的定義，若不熟悉或想不出來，請掃描一下卡牌正面的 QR Code，就可以馬上看到影音教學瞭解定義。透過這個熱身活動，把每張卡牌都仔細看過一次。

小叮嚀　　在設計遊戲規則時，Dana 老師刻意避開遊戲中精細的得分細節，著重在遊戲目的：加強記憶，將詞素玩成滾瓜爛熟如同母語一般，而非著重在勝負。尤其是年幼的學習者，可以避免挫折感或發生爭執，增加快樂學習的元素、增進朋友情感，學習的路上互相幫助鼓勵，方為真理。

邊玩邊學習

我們來聊一下，怎麼把這些陌生的單字變成我們自己的語言。

當我們拿到很多作者嘔心瀝血完成的語言學習書時，內心經常澎湃著，翻著讀著，覺得好有道理、好有收穫，充滿著大大的成就感，只是翻來翻去看了很多次，單字還是躺在書頁之間，屬於平面的 2D 世界，不能很快地變成可以在閱讀時辨認出來或是日常使用的字彙。

您正在閱讀的這本書，PART 1 精選了字首、字根、字尾一共 70 個單元（也就是語言學所說的「詞素」）。PART 2 我們設計了一套簡單、樸實、卻有效的卡牌遊戲，這套遊戲能把平面 2D 的單字具體化，變成可以摸、可以翻、可以玩的卡牌，目的在幫助學習者一步步熟悉這些詞素的定義，且能在玩樂中記憶組合出來的單字。此外，我們的活動設計，還可以延伸到輔助文章的閱讀。

這裡介紹的，沒有很驚險刺激或是花俏綜藝的誇張瘋狂遊戲，只是用經典、簡單的玩法，一層一層地把本書想要傳遞的訊息給大家。請您運用本書的遊戲學習法，跟著我們一起按部就班地「玩」，當然您也可以使用我們的卡牌，自己做遊戲規則的變化，相信您往後閱讀到英文句子或是文章時，一定會有很不同的感覺。以後遇到從沒學過、沒看過的單字，也不再會覺得恐懼或無力，絕對可以從蛛絲馬跡中，揣摩出八九不離十的意思。

讀者們只要跟著這樣子做了之後，日後不用再對背單字傷透腦筋，也不用再花錢去上字彙課，自己在家慢慢玩，或是跟著朋友家人一起同樂，絕對會有很好的效果。

跟著我們一起來玩卡牌吧！

PART 1

字首、字根、字尾
變化組合

◆ 解 釋 ◆ 朝向、附近、在、強調

◆ 變 體 ◆ a-、ac-、af-、al-、ab-、at-

◆ 說 明 ◆ 字首 ad- 源自拉丁文，有「朝向」（to）、「附近」（near）或「處於」（at）的意思，ad- 又可表示「強調」。ad- 的反義字首是 ab-，意思是「從……來」（from）或者「遠離」（away from）。

---

ad- 黏接字根時，d 字母常縮減或受到字根首字母的同化。ad- 黏接 /f/、/k/、/g/、/n/、/p/、/r/、/s/、/t/ 等音為首的字根時，/d/ 常產生後位同化，例如：

- **acknowledge** [əkˋnɑlɪdʒ] **v.** 承認、答謝
- **acquire** [əˋkwaɪr] **v.** 獲得
- **arrest** [əˋrɛst] **v. n.** 逮捕
- **affect** [əˋfɛkt] **v.** 影響
- **affective** [əˋfɛktɪv] **n.** 表達感情的
- **aggress** [əˋgrɛs] **v.** 侵略
- **assume** [əˋsjum] **v.** 假定、承擔
- **announce** [əˋnaʊns] **v.** 宣布
- **ascertain** [ˌæsɚˋten] **v.** 確定
- **appear** [əˋpɪr] **v.** 出現
- **attain** [əˋten] **v.** 達到

---

ad- 黏接 /b/、/l/ 為首的字根時，同化與縮減二種變化都有，例如：

- **abbreviate** [əˋbrivɪˌet] **v.** 縮寫或縮短 解析 brev- = brief，表示「簡短」，ad- 同化為 ab-。
- **abandon** [əˋbændən] **v.** 放棄 解析 bandon 表示「控制」，ad- 縮減為 a-。
- **abase** [əˋbes] **v.** 貶抑 解析 base = lower，表示「降低」，ad- 縮減為 a-。
- **allow** [əˋlaʊ] **v.** 允許 解析 low = praise，表示「讚美」，ad- 同化為 al-。
- **align** [əˋlaɪn] **v.** 排成直線 解析 lign- = line，表示「線」，ad- 縮減為 a-。

ad- 黏接 /m/ 音為首的字根時，ad- 可能縮減為 a-，也可能不變，例如：

- **amass** [ə`mæs] **v.** 積聚 解析 mass 表示「一團、大量」。
- **amount** [ə`maʊnt] **n.** **v.** 總計或總數 解析 mount 表示「登上、上升」。
- **admire** [əd`maɪr] **v.** 讚賞 解析 mire- 表示「驚喜」，ad- 拼寫不變。

ad- 黏接 /v/ 音為首的字根時，由於英文沒有重複 v 的拼字，因此字母 d 不同化為 v，而是省略或維持 ad- 拼寫，例如：

- **avenue** [`ævə͵nju] **n.** 林蔭大道 解析 venue = come，表示「來」，avenue 是行人來去通行、兩側種樹的道路。
- **avow** [ə`vaʊ] **v.** 公開承認 解析 vow = call，表示「發出聲音」。
- **advocate** [`ædvəkɪt] **n.** 倡導或倡導者 解析 voc- = call，表示「叫」，advocate 原意是叫人來幫忙，引申為倡導，ad- 拼寫不變。

ad- 黏接 j 為首的字根時，二合字母 dj 唸 /dʒ/，例如：

- **adjudge** [ə`dʒʌdʒ] **v.** 判決 解析 judge 表示「判定」。

02 字首 an-

▶ 影音教學 02

◆ 解 釋 ◆ 否定、缺乏、沒有

◆ 變 體 ◆ a-

◆ 同源詞素 ◆ ne-、non-、in-、un-

◆ 說 明 ◆ 字首 a- 源自希臘文 an-，常見於醫學用字，表示「否定」（not）、「缺乏、沒有」（without）等否定的意思，例如：

aphasia [əˋfeʒɪə]	**n.** 失語症　解析 字根 phas = speak，表示「說」，字尾 -ia 表示「疾病」，**無說話能力的病症**是失語症。
amnesia [æmˋniʒɪə]	**n.** 健忘症　解析 字根 mnesty = remember，表示「記憶」，健忘症是一種**喪失記憶的病**。
anemia [əˋnimɪə]	**n.** 貧血症　解析 字根 em 是 hem 的縮減，表示「血液」，**缺少血液**就是貧血症。
anesthetic [͵ænəsˋθɛtɪk]	**n.** 麻醉劑　解析 esthetic = perceptive，表示「知覺的」，anesthetic 是一種**使人無知覺的藥物**。
anodyne [ˋænodaɪn]	**n.** 止痛藥、緩和情緒之物　解析 odyne = pain、torment，表示「疼痛」、「苦惱」，anodyne 是**減緩身體疼痛或心理苦惱的藥物**。
ambrosia [æmˋbroʒɪə]	**n.** 神話中的珍饈美味　解析 字根 brosia = mortal，表示「死去」，ambrosia 就是 immortal（im- 表示「不」、「否定」），不朽的、神仙的，**以神仙不死的性質譬喻神仙的食物**，就是珍饈。

an- 與 ne-、non-、in-、un- 等字首同源，都表示「否定」語意。以 ne- 來說，為避免母音相鄰，ne- 常縮減為 n-，例如：

- **neither** [ˋniðɚ] **adj.** 兩者皆非
- **never** [ˋnɛvɚ] **adv.** 絕不
- **negation** [nɪˋgeʃən] **n.** 否定
- **negotiate** [nɪˋgoʃɪˏet] **v.** 商議
- **neglect** [nɪgˋlɛkt] **v.** 忽視
  [解析] neg- 是 ne- 的變化形，neg- = deny，表示「否認」。

- **none** [nʌn] **adj.** 無一
- **null** [nʌl] **adj.** 無效的、無意義

字首 non- 常黏接可獨立字根，形成單字的反義字，例如：

- **nonstop** [nɑnˋstɑp] **adj.** 不停的、直達的； **n.** 直達車
- **nonverbal** [ˏnɑnˋvɝbl] **adj.** 非語文的 [解析] verbal 表示「語文的」。
- **nonconductor** [ˋnɑnkənˋdʌktɚ] **n.** 絕緣體 [解析] conductor 表示「導體」。

03 字首 anti-

▶ 影音教學 03

◆ 解 釋 ◆ 抵抗、反義
◆ 變 體 ◆ ant-
◆ 同源詞素 ◆ ante-
◆ 說 明 ◆ 字首 anti-，德文拼寫為 ent-，有「抵抗」（against）、「相反」（opposite）的意思，其反義字首是 pro-，表示「向前的」。anti- 在字彙衍生及演變的表現非常活潑。

字彙衍生方面，anti- 黏接單字，衍生表示「抵抗」或「反義」的新字，例如：

- **anticancer** [ˋæntɪˋkænsə] **adj.** 抗癌的
- **antibody** [ˋæntɪˌbɑdɪ] **n.** 抗體
- **antinuclear** [ˌæntɪˋnjuklɪə] **adj.** 反核能的

anti- 也可黏接不可獨立字根，例如：

- **antibiotic** [ˌæntɪbaɪˋɑtɪk] **n.** 抗生素　**解析** bio- = life，表示「生命」。
- **antipathy** [ænˋtɪpəθɪ] **n.** 反感　**解析** pathy = feeling，表示「情感」。

構詞音韻來說，anti- 黏接母音為首的字幹時，為避免母音相鄰，anti- 的 i 字母會省略，例如：

- **antonym** [ˋæntəˌnɪm] **n.** 反義字　**解析** onym = name，表示「名字」。
- **Antarctic** [ænˋtɑrktɪk] **n.** 南極地區、南極的；Arctic 則表示「北極地區」。

anti- 與表示 before「在前」的拉丁字首 ante- 同源，為 post-「在後」的反義詞素，例如：

- **antedate** [ˌæntɪˋdet] **v.** 提前的日期（較先發生）
  解析 date 表示「日期」、「追溯」。

ante- 在單字中的拼寫常有變化，但都保留 an 字母，例如：

- **anticipate** [ænˋtɪsəˌpet] **v.** 預期、期待
- **advance** [ədˋvæns] **v.** 前進
- **ancestor** [ˋænsɛstə] **n.** 祖先的
- **advantage** [ədˋvæntɪdʒ] **n.** 優點、利益
- **ancient** [ˋenʃənt] **adj.** 古代的

04 字首 com-

▶ 影音教學 04

◆ 解 釋 ◆ 一起、和

◆ 變 釋 ◆ con-、col-、cor-、coun-、co-

◆ 說 明 ◆ 字首 con- 是「一起」（together）、「和」（with）的意思。

---

com- 常用以黏接雙唇音 /p/、/b/、/m/ 為首的字根，例如：

- **company** [ˋkʌmpənɪ] **n.** 公司、同伴 解析 pan = food，表示「食物」。
- **combine** [kəmˋbaɪn] **v.** 結合 解析 bine = two，表示「兩者」。
- **commute** [kəˋmjut] **n.** 通勤 解析 mute，表示「改變」（change）或是「移動」（move），**一起移動上下班**就是通勤。
- **commuter** [kəˋmjutɚ] **n.** 通勤者

為了發音順暢，com- 的 m 字母會隨著字根首字母而變化，com- 黏接 c、d、g、j、n、q、s、t、v 這些字母為首的字根時，拼寫為 con-，例如：

- **conduct** [kənˋdʌkt] **v.** 指揮 解析 字根 duct = lead，表示「引導」，**引導在一起**就是指揮。
- **connect** [kəˋnɛkt] **v.** 連結 解析 字根 bind、tie，表示「束縛」、「綁」，**束縛或綁在一起**就是 connect。

---

com- 黏接 l 開頭的字根時，com- 便拼寫為 col-，例如：

- **collect** [kəˋlɛkt] **v.** 蒐集 解析 lect = gather，表示「聚集」。

com- 黏接 r 開頭的字根時，com- 則拼寫為 cor-，例如：

• **correct** [kəˈrɛkt]　**adj.** 正確的、修正　**解析** rect = straight，表示「直」。

com- 黏接母音或 h、w、gn 為首的字根時，m 字母會略去而縮減為 co：

• **cooperate** [koˈɑpəˌret]　**v.** 合作
　解析 oper- = work，表示「工作」，**一起工作**的動作是合作。
• **coworker** [ˈkoˌwɝkɚ]　**n.** 同事　**解析** 同事就是**一起工作的人**。

com- 另有 coun- 變體，例如：

• **counsel** [ˈkaʊnsl]　**n.** 商議　**解析** 字根 sel = to shout，表示「大叫」，**一起大聲說出意見**就是商議，衍生字 counsellor 是指「顧問」。
• **council** [ˈkaʊnsl]　**n.** 會議　**解析** 字根 cil = to shout，也表示「大叫」，衍生字 councilor 是指「議員」。

05 字首　de-　▶ 影音教學 05

◆ 解釋 ▶ 往下、離開、分離、否定、完全
◆ 說明 ▶ de- 是少數拼字穩定的字首，字幹大多源自拉丁文或法文，意思是「往下」（down）。

de- 是「往下」（down）的意思，例如：

- **debase** [dɪˋbes] **v.** 貶低、貶值　**解析** base = low，表示「低」，**下到低處**就是貶低、貶值。
- **deduce** [dɪˋdjus] **v.** 演繹、推論　**解析** duce = lead，表示「引導」，**往下引導**就是演繹、推論。

de- 衍伸為「分離」、「否定」、「完全」等意思，例如：

- **deform** [dɪˋform] **v.** 變形、變畸形　**解析** de- = away，表示「離開」，**偏離該有的形狀**（put out of shape）就是變形或變畸形。
- **decide** [dɪˋsaɪd] **v.** 決定　**解析** de- = off，表示「離去的」，-cide = cut，表示「切割」，**切割開來**就是下決定。
- **detail** [ˋditel] **n.** 細節　**v.** 詳細描述　**解析** de- = fully，表示「完全地」，字根 tail = cut，也表示「切割」，**切得完全**就是細節、詳述。
- **devour** [dɪˋvaʊr] **v.** 狼吞虎嚥地吃、吃光　**解析** 字首 de- = fully，表示「完全地」，字根 vour = eat，表示「吃」，**完全吃下**就是吞食。
- **demerit** [dɪˋmɛrɪt] **n.** 過失、短處　**解析** de- 表示「否定」，merit 表示「優點」。

de- 也有「加強語氣」的含意，例如：

- **depurate** [dɪˋpjʊəret] **v.** 使淨化、精煉　**解析** de- 加強字根 pure 的意思，表示「純淨的」。

06 字首 dis-

◆ 解 釋 ◆ 分離、離開、剝奪、否定、加強語氣

◆ 同源詞素 ◆ dif-、des-、s-

◆ 說 明 ◆ dis- 是一語意及拼寫變化豐富的字首。dis- 有「分離」（apart）、「離開」（away）、「剝奪」（deprive of）、「否定」（not），甚至「加強語氣」等意思。

---

dis- 為「分離」、「離開」、「剝奪」、「否定」、「加強語氣」的意思，例如：

- **dis**ease [dɪ`ziz] **n.** 疾病　解析 dis- = apart，表示「分離」，**離開「安適」（ease）的狀況**表示疾病。
- **dis**miss [dɪs`mɪs] **v.** 解散、開除　解析 dis- = away，表示「離開」，字根 miss = send，表示「運送」。
- **dis**able [dɪs`ebl] **v.** 使殘障　解析 dis- = deprive of，表示「剝奪」，able = ability，表示「能力」，**剝奪能力**就是使殘廢。
  聯想 physically disabled 是指肢體殘障。
- **dis**honest [dɪs`ɑnɪst] **adj.** 不誠實　解析 字首 dis- = not，表示「否定」。

構詞上，一些動詞字根黏接 dis-，形成「反義」或「反方向」的意思，例如：

- **dis**agree [ˌdɪsə`gri] **v.** 不一致
- **dis**close [dɪs`kloz] **v.** 揭露
- **dis**cover [dɪs`kʌvɚ] **v.** 發現
- **dis**appear [ˌdɪsə`pɪr] **v.** 消失

dis- 作為加強語氣時，通常表示「完全地」（completely），例如：

- **diminish** [dəˋmɪnɪʃ] **v.** 減少、縮減　解析 字首 di- 是 dis- 的縮減，加強字根 min = small，表示「小」。disminish 帶有完全減少、縮減的意思。

構詞音韻，黏接唇齒音 /f/、/v/ 時，dis- 會產生拼字變化。黏接 /f/ 為首的字根時，dis- 會因後位同化（regressive assimilation）而拼寫為 dif-，例如：

- **differ** [ˋdɪfɚ] **v.** 不同於　解析 字根 fer = carry，表示「攜帶」。

dis- 黏接 /v/ 為首的字根時，因為英文中沒有 vv 的字母串，dis- 便縮減為 di-，字母 s 省略，例如：

- **diverse** [daɪˋvɝs] **adj.** 不同的、多樣的
  解析 字根 verse = turn，表示「轉」。

dis- 的另一變化形是 s-，例如：

- **spend** [spɛnd] **n.** 花費　解析 字根 pend = weigh，表示「權衡」。
- **stain** [sten] **n.** 汙點　解析 字根 tain = dye，表示「染色」。

同源詞素，de- 與 dis- 同源，為「分離」（apart）、「離開」（away）的意思，例如：

- **detour** [ˋditur] **v.** **n.** 改道　解析 字根 tour = turn，表示「轉彎」。

dis- 傳至古法文，拼寫為 des-，例如：

- **dessert** [dɪˋzɝt] **n.** 餐後甜點　解析 字首 des- 就是 dis- = apart，表示「分離」，字根 sert = serve，表示「供應飯菜」，**與正餐分開供應**的是餐後甜點。

- **despatch** [dɪˋspætʃ] **v.** 派遣、迅速處理
  despatch 與 dispatch 都是「派遣」、「迅速處理」的意思，字根 patch，表示「加速」、「催促」（hasten），dis- 與同源字首 des- 黏接同一字根，衍生字互為同義字，這在構詞上非常罕見。

---

07 字首　　　　en-

▶ 影音教學 07

◆ 解 釋 ▶　進入某狀態、使具某種性質

◆ 變 體 ▶　em-、el-

◆ 說 明 ▶　字首 en- 源自拉丁文的 in- 及古法文的 en-，為「裡面」（in）或「進入」（into）的意思，引申為進入某狀態或使具某種性質。

---

en- 大多黏接名詞或形容詞字根，作為動詞衍生字的字首綴詞，例如：

- **enact** [ɪnˋækt] **v.** 制定法律　解析 act 表示「法令」。
- **encourage** [ɪnˋkɝɪdʒ] **v.** 鼓勵　解析 courage，表示「勇氣」。
- **energy** [ˋɛnɚdʒɪ] **n.** 精力、能量　解析 字根 erg = work，表示「工作」，就是物理學中功的單位「爾格」，energy 是指**讓人能夠工作**的能量。
- **enlarge** [ɪnˋlɑrdʒ] **v.** 擴大、增加　解析 enlarge = make large。
- **enrich** [ɪnˋrɪtʃ] **v.** 使富裕、充實　解析 enrich = make rich。

與字首 en- 同形的字尾 -en 源自古英文的 -nian，兩者不同源。字尾 -en 表示「使成為」（make）的意思，是一常見的動詞字尾，例如：

- **lengthen** [ˈlɛŋθən] **v.** 變長、延長 **解析** 字根是名詞 length，表示「長度」。
- **weaken** [ˈwikən] **v.** 使變弱 **解析** 字根是形容詞 weak，表示「弱的」。
- **enlighten** [ɪnˈlaɪtn̩] **v.** 啟發、教導 **解析** 構詞的過程是字首 en- 黏接字幹 lighten（發亮、變亮）。當然，lighten 是 light 黏接字尾 -en 衍生而來。enlighten 是同時黏接同形字首及字尾的單字，非常少見。

構詞音韻，en- 黏接 /p/、/b/、/m/ 等雙唇音為首的字根時，en- 同化為 em-，例如：

- **empower** [ɪmˈpaʊɚ] **v.** 授權、使能夠 **解析** power 是指「權力」或「能力」。
- **embark** [ɪmˈbɑrk] **v.** 搭載、從事 **解析** bark = small ship，表示「小船」。
- **emmarble** [ɪˈmɑrbl̩] **v.** 以大理石裝飾 **解析** marble 表示「大理石」。

en- 黏接 /l/ 為首的字根時，有時會同化為 el-，例如：

- **ellipsis** [ɪˈlɪpsɪs] **n.** 省略符號 **解析** el- 就是 en-，字根 lipsis = leave，表示「離開」，省略符號就是**使離開**的符號。

ex-

▶ 影音教學 08

◆ 解釋 ◆ 之前、往外、完全地

◆ 變體 ◆ e-、ec-、es-、ef-

◆ 說明 ◆ ex- 是一個語意、發音及構詞音韻較為複雜的字首。

ex- 黏接 wife、husband 等單字時，表示「之前」（former）的意思，例如：

- **ex-wife** [ɛksˈwaɪf] **n.** 前妻
- **ex-husband** [ˌɛksˈhʌzbənd] **n.** 前夫
- **ex-boyfriend** [ˌɛksˈbɔɪˌfrɛnd] **n.** 前男友
- **ex-girlfriend** [ˌɛksˈgɝˌlfrɛnd] **n.** 前女友

當然，**ex** 可以作為這幾個單字的縮減代稱。

ex- 黏接其他字根時，大多表示「往外」，少數表示「完全地」，例如：

- **expose** [ɪkˈspoz] **v.** 暴露、展覽 解析 ex- = out of，表示「往外」，pose = place，表示「放置」，**放置到外面**就是暴露、展覽。
- **exchange** [ɪksˈtʃendʒ] **v.** 交換、交易 解析 ex- = fully，表示「完全地」。

ex- 為字重音時，唸 /ɛks/，母音響度較大，例如：

- **exit** [ˈɛksɪt] **n.** 出口 解析 字根 it = go，表示「去」。
- **excerpt** [ˈɛksɝpt] **n.** 摘錄 解析 -cerpt = pick，表示「挑選」。

ex- 若是非重音節，唸音為 /ɪks/ 或 /ɪgz/，母音響度較小，例如：

- **exceed** [ɪk`sid] **v.** 超越 解析 字根 ceed = go，表示「去」。
- **example** [ɪg`zæmpl] **n.** 例子 解析 -ample = take，表示「拿」。
- **exhale** [ɛks`hel] **v.** 呼出 解析 exhale 字重音節在第二音節，算是例外。

構詞音韻，**ex-** 黏接字幹時，有省略、縮減、同化、同源等四種變化類型：

1. 省略：包括字幹首字母 s 省略及 /s/ 音省略等二情形

ex- 唸音為 /ɪks/ 或 /ɪgz/，與同為嘶擦音的 /s/ 相鄰時，為了清楚發音，僅保留一個嘶擦音。因此，ex- 黏接 s 字母為首的字幹時，s 省略，例如：

- **expect** [ɪk`spɛkt] **v.** 期待 解析 字根是 spect，表示「看」。
- **expire** [ɪk`spaɪr] **v.** 呼氣、期滿 解析 字根是 spire = breathe，表示「呼吸」。
- **exist** [ɪg`zɪst] **v.** 生存 解析 字根是 sist = stand，表示「站立」。
- **extinct** [ɪk`stɪŋkt] **adj.** 滅絕的 解析 字根是 stinct = prick，表示「刺」。

另一種省略是字幹首字母 s 的 /s/ 唸音省略，例如：

- **except** [ɪk`sɛpt] **v.** 除外 解析 字根 cept = take，表示「拿取」。
- **exceed** [ɪk`sid] **v.** 超出 解析 字根 ceed = go，表示「去」。
- **exsiccate** [`ɛksɪˌket] **v.** 使乾燥 解析 -sicc = dry，表示「乾的」。

2. 縮減：ex- 因唸音縮減而改變拼字

2.1 ex- 縮減為 e-。ex- 黏接有聲子音字母為首的字根時，省略 /ks/ 或 /gz/，刪去 x 字母，例如：

- **ebullient** [ɪ`bʌljənt] **adj.** 沸騰的、興高采烈的
- **edit** [`ɛdɪt] **v.** 編輯
- **elaborate** [ɪ`læbərɪt] **adj.** 精巧的
- **egress** [`igrɛs] **n.** 出去、出現
- **evoke** [ɪ`vok] **v.** 喚起、引起
- **eject** [ɪ`dʒɛkt] **v.** 投出、噴出
- **erupt** [ɪ`rʌpt] **v.** 爆發、噴出

就單字辨識而言，字首 e- 幾乎都可視為 ex-。

2.2 ex- 改變為 ec-。另一避免 /s/ 音相鄰的方式是省略 /ɪks/ 的 /s/，ex- 的唸音縮減為 /ɪk/，因此拼寫改為 ec-，例如：

- **eccentric** [ɪk`sɛntrɪk] **adj.** 離心的、古怪的　**解析** 字根是 centr，表示「中心的」。
- **ecstasy** [`ɛkstəsɪ] **n.** 狂喜　**解析** -stasy = stand，表示「站立」。

2.3 ex- 改變為 es-。/ɪks/ 若是省略 /k/，/əs/ 對應的拼字是 es-，而不是 ex-，例如：

- **escape** [ə`skep] **v.** 逃脫　**解析** -cape 表示「短外套」，脫掉外套便於逃脫。

2.4 ex- 改變為 s-。/ɪks/ 若是省略 /ɪk/，剩下的 /s/ 音對應字母 s，ex- 拼字變成 s-，例如：

- **sample** [`sæmpl] **n.** 樣品　**解析** 字根 ample = take，表示「拿取」，樣品是**拿取出去的部分**。同樣的構詞成份，example 的意思是例證、實例。

3. 同化：

ex- 黏接 f 為首的字根時，/ks/ 同化為 /f/，拼寫改變為 ef-，例如：

- **effort** [ˋɛfət] **n.** 努力　解析 fort 與 force 同源，表示「力量」。
- **effuse** [ɛˋfjuz] **v.** 流出、散佈　解析 -fuse = pour，表示「傾倒」。

4. 同源：

避免 avoid（a + void = empty「空的」）、修正 amend（a + mend = fault，表示「錯誤」）等單字的字首 a- 都與 ex- 同源。

09 字首　in- (1)　▶ 影音教學 09

◆ 解 釋 ◆　在裡面、進入、在上面
◆ 變 體 ◆　im-、il-、ir-、en-

字首 in- 是「在裡面」（in）、「在上面」（on）、「進入」（into）的意思，例如：

- **include** [ɪnˋklud] **v.** 包括　解析 in- 表示「裡面」，字根 clude = close，表示「關上」，in- + /d/、/z/ 轉音。
- **infuse** [ɪnˋfjuz] **v.** 灌輸、注入　解析 in- = into，表示「進入」，字根 fuse = pour，表示「傾倒」。
- **incident** [ˋɪnsədn̩t] **n.** 事件　解析 in- = on，表示「在上面」，字根 cid = fall，表示「落下」。

* in- 在古法文常拼寫為 en-，但英文傾向與拉丁文一致的拼寫 in-。**inquire** 與 **enquire** 都是「詢問」、「調查」，各自保留拉丁文與古法文的拼寫，字根 quire ＝ ask、seek，表示「詢問」、「尋找」。

* 另外，同一字根若分別黏接裡面的 in- 與否定的 in-，常造成衍生字的混淆，例如：**inculpate** 表示「歸罪」、「指責」，字根 culp 表示「責備」、「罪」（guilt），黏接表示「裡面」的字首 in-，-ate 是動詞字尾。

* 同字根的衍生字 **inculpable** 表示「無辜的」，字首 in- 是「否定語意」。歷史上，字首 in- 常造成衍生字的混淆，但也呈現英語的多樣面貌。

構詞音韻方面，in- 黏接 /p/、/b/、/m/ 等雙唇音為首的字根時，因為發音部位同化，in- 拼字變為 im-，例如：

* **impose** [ɪmˋpoz] **v.** 強加、徵稅 　**解析** im- ＝ on、upon，表示「在上面」，pose 表示「放置」。
* **imburse** [ɪmˋbɚs] **v.** 償還 　**解析** 字根 burse 與 purse 同源，表示「錢包」，**錢進入錢包**表示償還。
* **immerge** [ɪˋmɚdʒ] **v.** 浸、沉入 　**解析** im- ＝ into，表示「進入」，字根 merge ＝ sink，表示「下沉」。

---

in- 黏接 l 或 r 為首的字根時，也受到發音部位同化（assimilation）的影響，拼字變為 il- 或 ir-，例如：

* **illustrate** [ˋɪləstret] **v.** 圖解、舉例說明 　**解析** il- ＝ in-，表示「在上面」（upon），字根 lustr ＝ light，表示「光」，**光照在上面，使人明瞭**，比喻為圖解、舉例說明。

10 字首 **in-** (2)

▶ 影音教學 10

◆ 解 釋 ◆ 不、沒有

◆ 變 體 ◆ im-、il-、ir-、en-、i-

◆ 同 源 詞 素 ◆ un-

un- 與 in- 同源，為「不」（not）、「沒有」（without）的意思，黏接名詞、形容詞或副詞的字幹，例如：

- **uncertainty** [ʌnˋsɝtṇtɪ] **n.** 不確定的 解析 certainty 表示「確實的」。
- **unavailable** [ˌʌnəˋveləbl] **adj.** 不可獲得的、不能利用的
  解析 available 表示「可用的」。
- **unwillingly** [ʌnˋwɪlɪŋlɪ] **adv.** 情願地、勉強地 解析 unwilling 表示「情願的」，willing 表示「願意的」。

in- 也黏接不可獨立字根，例如：

- **indolent** [ˋɪndələnt] **adj.** 懶惰的 解析 英文原意是 causing no pain 或 painless，引申為懶惰的、進展緩慢的，字根 dolent = feel pain，表示「感覺疼痛」。

　　語音主導拼字是構詞音韻的重要原則，例如：字首黏接字幹時，為了唸音順暢，常產生語音同化現象，甚至影響拼字。

in- 黏接字幹時，有以下三種語音變化：

1・與 /p/、/b/、/m/ 等雙唇音相鄰時，/n/ 同化為 /m/，in- 拼寫為 im-，例如：

- **im**polite [ˌɪmpəˋlaɪt] **adj.** 不禮貌的　解析 polite 表示「禮貌的」。
- **im**balanced [ɪmˋbælənst] **adj.** 平衡的　解析 balanced 表示「平衡的」。
- **im**mortal [ɪˋmɔrtl] **adj.** 不朽的　解析 mortal 表示「必死的」。

2・與 /l/、/r/ 音相鄰時，in- 分別拼寫為 il-、ir-，例如：

- **il**legal [ɪˋligl] **adj.** 不合法的　解析 legal 表示「合法的」。
- **ir**regular [ɪˋrɛgjələ˞] **adj.** 規則的　解析 regular 表示「規則的」。

3・與軟顎 /k/ 音相鄰時，in- 唸為 /ɪŋ/，例如：

- **in**capable [ɪnˋkepəbl] **adj.** 不能勝任的、不能的　解析 capable 表示「有能力的」。
- **in**complete [ˌɪnkəmˋplit] **adj.** 不完全的　解析 complete 表示「完全的」。

字首 i 是 in- 的縮減時：

- **i**gnoble [ɪgˋnobl] **adj.** 卑賤的　解析 首字母 i 是 **in-** 的縮減，字根 gnoble ＝ noble，表示「高貴的」，**不高貴**就是卑賤的。

　　事實上，noble ＝ well-known，為「知名」的意思，因此，ignoble 也可拆解為 **unknown**，in- 對應 un-，都是否定字首，字根 gno 對應 know，/g/、/k/ 發音部位相同而轉音。同樣，「無知的、不知道的」（ignorant），也可拆解為 **un** ＋ known。

加強說明

noble = well-known

ignoble 也可拆解為 **unknown**

in- 對應 **un-**

gno- 對應 **know**

ignorant 無知的、不知道的，也可拆解為 **un + known**

字首 en- 與 in- 同源：

- **enemy** [ˋɛnəmɪ] **n.** 敵人　解析 字首 en- 與 in- 同源，中古英文的遺跡，字根 em = love，表示「愛」，enemy 是指**不愛的人**，也就是敵人。

11 字首 inter-

▶ 影音教學 11

◆ 解 釋 ▶ 二或三者之間、三者以上之間

◆ 變 體 ▶ intel-、enter-、en-、endo-

◆ 同源詞素 ▶ intra-、intro-

◆ 說 明 ▶ 字首 inter- 源自拉丁文，法文拼寫為 entre-，代表「二或三者之間」（between）、「三者以上之間」（among），是生活中常見的字首。

inter- 為二或三者之間、三者以上之間的意思，例如：

- **internet** [ˋɪntɚˌnɛt] **n.** 網際網路　解析 net 表示「網狀系統」。
- **interchange** [ˌɪntɚˋtʃendʒ] **n.** 交流道　解析 一般道路與快速道路之間的匝道。
- **intersection** [ˌɪntɚˋsɛkʃən] **n.** 十字路口　解析 section 表示「區域」。

- **interlude** [`ɪntəˌljud] **n.** 間奏　解析 -lude = play，表示「演奏」，
而 prelude 是指「前奏曲」。
- **interlace** [ˌɪntə`les] **v.** 交織、組合　解析 lace 表示「編織」。

拉丁字常見 inter- 黏接 l 為首的字根，拼字變為 intel-，例如：

- **intellect** [`ɪntlˌɛkt] **n.** 智力、知識份子
- **intelligence** [ɪn`tɛlədʒəns] **n.** 智力、情報　解析 字根 lect、lig 都是表示「選擇」（choose），**二者之間的選擇能力**是智力。

若是法文轉借的單字，inter- 拼寫為 enter-，例如：

- **enterprise** [`ɛntəˌpraɪz] **n.** 事業、企業　解析 字根 prise = take in hand，表示「取得」。
- **entertain** [ˌɛntə`ten] **v.** 款待、使娛樂　解析 enter- = among 表示「二或三者之間」，字根 tain = hold，表示「握住」，款待或使娛樂便能保持彼此關係。

字源方面，inter- 與 in-（裡面）、en-（使成為）、endo-（= within，表示「在裡面」）等字首同源，以下三個單字的字首都是同源：

- **insight** [`ɪnˌsaɪt] **n.** 洞察力　解析 sight 表示「看見」。
- **entitle** [ɪn`taɪtl] **v.** 使有資格　解析 title 表示「頭銜」。
- **endoscope** [`ɛndəˌskop] **n.** 內視鏡　解析 -scope = look，表示「看」。

inter- 也與表示「朝內」（inward）、「在裡面」（within）的字首 intra-、intro- 同源，例如：

- **introduce** [ˌɪntrə`djus] **v.** 介紹、引導　解析 -duce = lead 表示「引導」。
- **intraparty** [`ɪntrə`pɑrtɪ] **adj.** 黨內的　解析 party 表示「黨派」。

ex- 表示「往外」（out of）、「完全地」（fully），而 extra- 表示「超出、在……之外」（beyond），都是 intro-、intra- 的反義字首，例如：

- **expose** [ɪk`spoz] **v.** 使暴露、揭發　解析 pose ＝ place 表示「放置」。
- **extracurricular** [ˌɛkstrəkə`rɪkjələ] **adj.** 課外的　解析 curricular，表示「課程」。

12 字首 **micro-**

▶ 影音教學 12

◆ 解 釋 ▶ 小的、少的、瑣碎的、不重要的、輕微的

◆ 說 明 ▶ 字首 micro- 源自希臘字 mikros（希臘字寫法為 μικρο），有「小的」（small、little）、「瑣碎的」（petty）、「不重要的」（trivial）、「輕微的」（slight）等意思。

micro- 是生活中常見的字首，無拼字變化，容易辨識，例如：

- **microphone** [`maɪkrəˌfon] **n.** 麥克風　解析 字根 phone（希臘字 τηλέφωνο）表示「聲音」。
- **microwave oven** [maɪkroˌwev`ʌvən] **n.** 微波爐　解析 microwave 表示「微波」，而 wave 表示「波浪」。
- **microscope** [`maɪkrəˌskop] **n.** 顯微鏡
  解析 字根 scope ＝ look，表示「看」。

　　micro- 的反義字首是 macro-，macro- 源自希臘字 makros（希臘文 μακρο），意思是「長的」（long）、「大的」（large），也是生活中常見的字首，而且無拼字變化。

macro- 與 micro- 黏接相同字根時，則形成反義字，例如：

- **macroeconomics** [ˌmækroˌikə`nɑmɪks] **n.** 總體經濟學（希臘字 μακροοικονομική）

  microeconomics [ˌmaɪkrəˌikə`nɑmɪks] **n.** 個體經濟學（希臘字

  μικροοικονομία） **解析** economics 表示「經濟學」（希臘字 οικονομικά）

- **macrocosm** [`mækrəˌkɑzəm] **n.** 總體、大宇宙（希臘字 μακρόκοσμος）

  microcosm [`maɪkrəˌkɑzəm] **n.** 縮圖、小宇宙（希臘字 μικρόκοσμος）

  解析 字根 cosm = universe，表示「宇宙」。

- **macroanalysis** [`mækrəˌə`næləsɪs] **n.** 巨量分析

  microanalysis [`maɪkrəˌə`næləsɪs] **n.** 微量分析 **解析** analysis 表示「分析」。

---

13 字首 # mis- ▶ 影音教學 13

◆ 解 釋 ▶ 壞的、錯誤的、否定的

◆ 說 明 ▶ 字首 mis- 的意思是「壞的」（bad）、「錯誤的」（wrong）、「錯誤地否定」（wrongly）的意思，通常是貶意。

---

mis- 黏接名詞或動詞，沒有拼字變化，容易辨識，例如：

- **miscreant** [`mɪskrɪənt] **n.** 惡棍 **adj.** 邪惡的 **解析** mis- = bad，表示「壞的」，cre = believe，表示「相信」。
- **mislead** [mɪs`lid] **v.** 誤導
- **misunderstand** [`mɪsʌndɚ`stænd] **v.** 誤解

  解析 mis- = wrongly，表示「錯誤地」。

mal- 源自拉丁文 male-，與 mis- 語意相近，有「壞」（badly）、「不好的」（ill）、「錯誤地」（wrongly）等意思，例如：

- **malfunction** [mæl`fʌnʃən] **n.** 機能不全、故障 解析 mal- = badly，表示「壞」；function 表示「機能」。
- **malaise** [mæ`lez] **n.** 小病、微恙 解析 mal- 是「不好的」（ill）」，字根 aise 表示「舒適的」（comfort）。
- **malevolent** [mə`lɛvələnt] **adj.** 惡意的 解析 male- = badly，表示「壞」，字根 vol = will，表示「意志」，字母 v/w 同源，母音通轉，-ent 是形容詞字尾。

反義字 **benevolent** [bə`nɛvələnt] **adj.** 慈善的

　　另外，基於 onset first（音節首子音）優先的音節劃分原則（子音優先劃分為右側音節的音節首子音），因此 male 劃分為 ma 及 le 兩個音節，而字重音落在第二音節，字首內部，有別於字重音在語意份量較重的字根上。

　　恰巧的是，malevolent 的反義字 benevolent（慈善的），也是字重音在字首內部，bene- 意思是「好的」（good）、「好地」（well）。當然，male- 及 bene- 互為反義字首。

over-

▶ 影音教學 14

◆ 解 釋 ▶ 上面、跨越、超越

◆ 同源詞素 ▶ super-、hyper-

◆ 說 明 ▶ 字首 over- 源自古英文 ofer，/f/、/v/ 子音轉換，表示「在上面」
（above）、「跨越」（across）、「超越」
（beyond）等空間位置或動作、狀態的程度。

構詞上，over- 大多黏接名詞或動詞，較少黏接形容詞，例如：

- **overhead** [`ovə`hɛd] **adj.** 在上頭 解析 head 表示「頭」（名詞）。
- **overcrowd** [,ovə`kraʊd] **v.** 過度擁擠 解析 crowd 表示「擁擠」（動詞）。
- **overdue** [`ovə`dju] **adj.** 過期的 解析 due 表示「到期的」（形容詞）。

---

over 只黏接可獨立字根——單字，而且沒有拼字變化，容易辨識或推測單
字語意，例如：

- **overwhelm** [,ovə`hwɛlm] **v.** 壓倒、使不知所措 解析 whelm 表示「壓
倒」、「淹沒」。
- **overflow** [,ovə`flo] **v.** 氾濫、過剩 解析 flow 表示「流動」、「氾濫」。

---

over 的反義字首是 under，字根若是相同，單字常互為反義，例如：

- **overpay** [`ovə`pe] **v.** 多付
- **underpay** [`ʌndə`pe] **n.** 少付
- **overestimate** [,ovə`ɛstə,met] **v.** 高估
- **underestimate** [`ʌndə`ɛstə,met] **v.** 低估；estimate 表示「估計」。
- **overpass** [`ovə`pæs] **n.** 天橋
- **underpass** [`ʌndə,pæs] **n.** 地下道

15 字首 **per-**

▶ 影音教學 15

◆ **解釋** ◆ 通過、徹底地

◆ **同源詞素** ◆ pel-、pil-、par-

◆ **說明** ◆ 字首 per- 源自拉丁文的介係詞 per，從空間上的 through（通過），衍伸至程度上的 thoroughly（徹底地）。

per- 是常見的字首，語意明確，大多黏接不可獨立字根，例如：

- **perfume** [pə`fjum] **v.** 香水、芳香　**解析** per = through，表示「通過」，字根 fume = smoke，表示「煙」，香水產生**如煙飄過**的芳香。
- **pervade** [pə`ved] **v.** 遍及、瀰漫　**解析** 字根 vade = wade，表示「跋涉」，v、w 字母同源，vade、wade 同源，**到處來回移動**就是遍及、瀰漫。
- **perish** [`pɛrɪʃ] **v.** 死去、毀滅　**解析** per- = thoroughly，表示「徹底地」，-ish = go，表示「去」，死去是**氣息殆盡**，毀滅則是**消失殆盡**。

　　美國第 16 任總統林肯在《蓋茲堡演說》（Gettysburg Address）中提到：「Government of the people, by the people, for the people shall not perish from the Earth.」（民有、民治、民享的政府不會從這片土地上滅亡），動詞 **perish** 顯示偉大政治家對於一個政府的堅定信念。

　　基於詞素完整的音節劃分原則，perish [`pɛrɪʃ] 有 per 及 ish 二音節，為避免母音相鄰，per 不唸成 /pə/，而是封閉音節的 /pɛr/。重音節方面，ish 雖是字根，但是音量較弱，因此字重音移至字首，造成不同於二音節動詞重音位於字根的趨勢。

pel- 及 pil- 都與 per- 同源，音節首子音都是 /p/，母音通轉，l 及 r 是轉音字母，例如：

- **pellucid** [pə`ljusɪd]　**adj.** 透明的、明瞭的　**解析** pel- = through，表示「經由」，字根 lucid 表示「照耀」（shine）、「明亮」（bright），單字與詞素語意關係密切。

- **pilgrim** [`pɪlgrɪm]　**n.** 朝聖者、旅人　**解析** 字根 grim = agro-，agro- 與 acre 皆表示「田野」（field），引申為「土地」（land）。朝聖者、旅人是指**遍及田野，走過大片土地之人**。

par- 也與 per- 同源，a、e 母音通轉，例如：

- **pardon** [`pɑrdn̩]　**n.** 原諒　**解析** 字根 don = give as a gift，表示「給予禮物」，**完全給予原諒**就是 pardon。

16 字首　pre-

▶ 影音教學 16

◆ 解　釋 ▶ 某時間的之前或空間上的前面

◆ 同源詞素 ▶ pro-、pur-

◆ 說　明 ▶ 字首 pre- 源自古法文及中古時期拉丁文的 pre-，副詞及介係詞性質，意思是「之前」（before），表示某時間的「之前」或空間上的「前面」。

含 pre- 的單字其字重音可能在字幹，也可能在 pre-，重音在字幹時，字母 e 唸短母音 /ɪ/ 或長母音 /i/，例如：

- **preside** [prɪ`zaɪd]　**v.** 主持會議、管轄　**解析** side 是 sit 的轉音，表示「坐著」。preside 有空間上「坐在前面」的意涵。

- **prehistoric** [ˌprihɪs`tɔrɪk]　**adj.** 史前的　**解析** pre- 的 e 字母唸長母音 /i/。

字重音在 pre- 時，字母 e 唸長母音 /i/ 或 /ɛ/，例如：

- **preview** [ˈpriˌvju] **v.** 預習，試演　解析 view = see，表示「看見」。
- **pregnant** [ˈprɛgnənt] **adj.** 懷孕的　解析 gn- 是 gene「基因」的縮減，
  有「出生」（give birth）的意思。

pro- 是 pre- 的同源字首，但是唸音、語意、拼字等變化都較 pre- 豐富。字
重音在字根時，pro- 的 o 常唸 /ə/，例如：

- **propose** [prəˈpoz] **v.** 提議　解析 重音在 pose（放置），pro- 是輕音節，
  母音唸 /ə/，pro- 表示「向前」（forth）。

pro- 有幾個名詞與動詞同形的雙音節衍生字，這些同形字的詞性與字重音
位置明顯對應，例如：

- 名詞 **project** [ˈprɑdʒɛkt]
  解析 ject- = throw，表示「丟擲」，與表示「噴射機」的 jet 同源，字重音在
  第一音節，計畫或提案的意思。
- 動詞 **project** [prəˈdʒɛkt]
  解析 字重音移至第二音節，發射或投影的意思。
- 名詞 **protest** [ˈprotɛst] 抗議
  解析 重音在第一音節，字根 test = testify，表示「作證」。
- 動詞 **protest** [prəˈtɛst] 抗議　解析 字重音則在第二音節。

另外，pro- 有一同源字首 pur-，例如：

- **purchase** [ˈpɝtʃəs] **v. n.** 購買　解析 chase 表示追逐。
- **purpose** [ˈpɝpəs] **n.** 目的　解析 **置於前方**的是目的。
- **pursue** [pɚˈsu] **v.** 追求　解析 字根 sue = follow，表示「跟隨」，**跟隨前
  進**就是追求。

17 字首 **re-**

◆ 解 釋 ◆ 返回、再一次

◆ 變 體 ◆ red-

◆ 同 源 詞 素 ◆ retro-

◆ 說 明 ◆ 字首 re- 源自拉丁文，最常見的兩個意思是「返回」（back）及「再一次」（again），通常黏接動詞性質的字根，表示「往後的動作」或「再一次發生」。

re- 表示「返回」（back）的單字：

- **reflect** [rɪ`flɛkt] **v.** 反射、反映　解析 字根 flect = bend，表示「彎曲」，**往後彎曲**就是 reflect。

- **relax** [rɪ`læks] **v.** 放鬆、鬆弛　解析 字根 lax = loosen，表示「鬆開」。順道一提，短母音其實就是舌頭肌肉放鬆所發的聲音，因此，短母音又稱為鬆母音（lax vowel）。

re- 表示「再一次」（again）的單字：

- **require** [rɪ`kwaɪr] **v.** 要求、需要　解析 字根 quire = seek，表示「尋求」，**再次尋求**就是要求、需要。

- **renew** [rɪ`nju] **v.** 更新、恢復　解析 **再次成為新**的就是恢復。

以拼字變化來說，re- 黏接母音或 /h/ 為首的字根時，常拼寫為 red-，意思是「返回」（back），例如：

- **redeem** [rɪ`dim] **v.** 買回、贖回　解析 字根 eem = buy，表示「買」。

- **redact** [rɪ`dækt] **v.** 編寫、校訂

- **redundant** [rɪˋdʌndənt] **adj.** 累贅的、多餘的 解析 字首 red- = again「再一次」，字根 und = wave，表示「波浪」，**波浪一再起伏**就是多餘的。
- **render** [ˋrɛndɚ] **v.** 交付、讓與 解析 字首 ren- = red- = back，表示「返回」；字根 der = give，表示「給予」。

同源字方面，與 re- 同源的拉丁字首是 retro-，為「向後」（backward）的意思。

- **retroflex** [ˋrɛtrəˏflɛks] **adj.** 翻轉的、捲舌的 解析 字根 flex 與前面提到的 flect 同樣都是「彎曲」（bend）。

18 字首 **sub-**

▶ 影音教學 18

◆ 解釋 ▶ 在……下面、平面之下、在……下面
◆ 變體 ▶ suc-、sum-、sur-、sus-、suf-、sug-、sup-、sou-
◆ 說明 ▶ sub- 是一個語意及拼字變化豐富的字首。語意方面，sub- 表示空間上的「在……下面」（under）、「平面之下」（below）、「在……下面」（beneath）。

sub- 為「在……下面」、「平面之下」、「在……下面」的意思，例如：

- **subway** [ˋsʌbˏwe] **n.** 地鐵 解析 英國地下鐵則是 underground。
- **submarine** [ˋsʌbməˏrin] **n.** 潛水艇、海底下的船 解析 marine 表示「海洋」。
- **subtitle** [ˋsʌbˏtaɪtl] **n.** 字幕、副標題 解析 螢幕底下的標題。

現代英文中，sub- 有幾個引申意，例如：

- **subcontractor** [sʌbˌkən`træktɚ] **n.** 轉包商　**解析** sub- = subordinate，表示「次要的」、「下級」。

- **subhuman** [ˌsʌb`hjumən] **adj.** 不齒於人類　**解析** sub- = inferior，表示「劣於」。

- **subcontinent** [sʌb`kɑntənənt] **n.** 次大陸　**解析** 通常是指南亞（South Asia），而 sub- = a part of，表示「部分」。

- **sublime** [sə`blaɪm] **adj.** 崇高的、卓越的　**解析** sub- = up to，表示「達到」，字根 lime 表示「門楣」，**達到門楣的高度**引申為崇高的、卓越的。

構詞音韻方面，sub- 黏接 c、f、g、p 或 r、m 等字母時，sub- 常因同化而改變拼字，例如：

- **succeed** [sək`sid] **v.** 成功、繼承　**解析** sub- 拼寫為 suc-，ceed = go，表示「去」。

- **summon** [`sʌmən] **v.** 召集、傳喚　**解析** sub- 拼寫為 sum-，mon = advise，表示「勸告」。

- **surrogate** [`sɝəgɪt] **n.** 代理、代理人　**解析** sub- 拼寫為 sur-，rog = ask，表示「提問」。

- **sustain** [sə`sten] **v.** 維持、遭受　**解析** sub- 拼寫為 sus-，tain = hold，表示「握住」。

- **suffer** [`sʌfɚ] **v.** 受苦　**解析** **suggest**（建議、顯示）、**support**（支持）等單字的字首都是 sub-，而字根 fer/gest/port = carry，都表示「攜帶、運送」。

sou- = sub-

- **souvenir** [`suvəˌnɪr] **n.** 紀念品　**解析** 法文外來字 souvenir 的字首 sou- 就是 sub-，字根 ven = come，表示「來」，souvenir 可能意指**來自心底**的物品。

19 字首 **super-**

▶影音教學 19

- ◆ 解釋 ▶ 高於、超出、過於
- ◆ 變體 ▶ sur-
- ◆ 同源詞素 ▶ supra-、hyper-
- ◆ 說明 ▶ 字首 super- 源自拉丁文 super，表示「高於」（above）、「超出」（beyond）、「過於」（over）的意思，是常見的衍生字首，與一些外來語同源。

字首 super- 與單字 super 同源，與黏接的單字構成複合字，例如：

- **super**market [ˈsupɚˌmɑrkɪt] **n.** 超級市場
- **super**natural [ˌsupɚˈnætʃərəl] **adj.** 超自然的
- **super**conscious [ˌsupɚˈkɑnʃəs] **adj.** 超意識的

字首 super- 常黏接不可獨立字根，例如：

- **super**vise [ˈsupɚvaɪz] **v.** 監督 解析 super- = above，表示「高於」，vise = see，表示「看見」，**從上方看**就是監督。
- **super**sonic [ˌsupɚˈsɑnɪk] **adj.** 超音速的 解析 super- = over，表示「過於」，字根 son = sound，表示「聲音」，-ic 是形容詞字尾。

---

super- 可拼寫為發音相近的 supra-，例如：

- **supra**national [ˌsuprəˈnæʃənl] **adj.** 超國家的
- **supra**renal [supɚˈrinəl] **adj.** 腎上腺、腎上腺的 解析 字根 ren = kidney，表示「腎臟」。

外來語字源方面，拉丁字 superior 的原意是 higher，表示「較高的」，引申為「優秀的」或「上司」。義大利文 soprano [sə`præno] 是指「女高音歌手」。法文字 supreme 表示「最高的」、「最重要的」，與曾為同義字的 sovereign [`sɑvrɪn] 表示「元首」、「至高無上的」，都是 super- 的同源字。

super- 在源自古法文的英文單字中常拼寫為 sur-，例如：

- **sur**face [`sɝfɪs] **n.** 表面　解析 sur- = above，表示「高於」。
- **sur**name [`sɝˌnem] **n.** 姓氏　解析 字首 sur- 就是 super = above，表示「在上面」。

同源字首方面，super- 與 hyper- 同源，s 和 h 字母對應。hyper- 源自希臘文 huper-，表示「高於」（above）、「超出」（beyond），例如：

- **hyper**ventilation [ˌhaɪpɚˌvɛntɪ`leʃən] **n.** 過度換氣症　解析 vent 與 wind 同源，而 **super**sonic 與 **hyper**sonic（希臘字 υπερηχητική）都表示「超音速的」。

另外，hyper- 的反義詞素 hypo- 源自希臘文 hupo-，「低於」（under）的意思，例如：

- **hypo**tension [ˌhaɪpə`tɛnʃən]（希臘字 υπόταση）　**n.** 低血壓
  解析 tension 表示「壓力」。

20 字首 trans-

▶ 影音教學 20

◆ 解 釋 ◆ 穿越、超越、橫越

◆ 變 體 ◆ tres-、tra-、tran-

◆ 說 明 ◆ 字首 trans- 源自拉丁文介係詞 trans，表示「穿越」（through）、「超越」（beyond）、「橫越」（across）等意思，其中 through 與 trans- 同源，/θ/ 與 /t/ 轉音，以 through 轉音學習字首 trans- 是格林法則單字記憶的運用。

---

trans- 的衍生單字大多表示「空間挪移」或「相關譬喻」，例如：

- **transit** [ˋtrænsɪt] **n.** **v.** 通過、運送 解析 字根 it = go，表示「去」。
  MRT 就是 mass（大量的）、rapid（快速的）、transit（運送）三字的頭字詞。

- **trespass** [ˋtrɛspəs] **n.** **v.** 侵入 解析 譬喻為「違背」、「侵害」，tres- 是 trans- 的縮減。

- **tradition** [trəˋdɪʃən] **n.** 傳統 解析 字首 tra- 也是 trans- 的縮減，字根 dit 表示「給予」，**跨越世代傳承下去**的是傳統、傳說。

---

trans- 黏接 /s/ 音為首的字根時，為避免二嘶擦音 /s/ 相鄰，因此省略 trans- 的 /s/ 而拼寫為 tran-，例如：

- **transcribe** [trænsˋkraɪb] **v.** 抄寫、改編 解析 字根 scribe = write，表示「寫」。

- **transpire** [trænˋspaɪr] **v.** 排出、蒸發、洩露 解析 字根 spire = breathe，表示「呼吸」。

值得一提的是，spire 黏接字首 ex- 形成單字 expire，同樣 /s/ 相鄰，但 ex- 的 x 包含 /ks/ 二子音，不能只省略 /s/，因此省略的是字根 spire 的 /s/。

- **expire** [ɪkˋspaɪr] **v.** 呼氣、終止

21 字尾 -able

◆ 影音教學 21

◆ 解 釋 ◆ 能夠、值得被怎樣、被動狀態、充滿的

◆ 變 體 ◆ -ible

◆ 說 明 ◆ -able 是常見的形容詞字尾、黏接動詞，表示「能夠」或「值得被怎樣、被動狀態」，例如：「That is measurable.」意思是「That is able to be measured.」；「an adorable scientist」意思是「a scientist who is worthy of being adored」。

-able 表示「充滿的」（full of），黏接名詞，例如：

- **favorable** [ˋfevərəbl] **adj.** 贊成的　解析 favor 表示「贊成」。
- **hospitable** [ˋhɑspɪtəbl] **adj.** 好客的　解析 hospit 源自拉丁字 hospes，表示「客人」。順道一提，host 與 guest 同源，/h/、/g/ 轉音，母音通轉。

構詞音韻方面，-able 黏接的單字尾音節，若是短母音構成的封閉音節，且是重音節時，必須重複尾字母，以維持單字的唸音，例如：

- **unforgettable** [ˌʌnfəˋgetəbəl] **adj.** 令人難忘的　解析 forget 的重音節在尾音節，插入尾字母 t 之後再黏接 -able。

-able 黏接 ce-、ge- 結尾的單字時，不發音的 e 原本應省略，但為避免 c、g 與 able 拼音，原來的 /s/、/dʒ/ 會改唸為 /k/、/g/，因此 e 不省略，例如：

- **noticeable** [ˋnotɪsəbl] **adj.** 值得注意的　解析 notice 表示「注意」。
- **changeable** [ˋtʃendʒəbl] **adj.** 可改變的　解析 change 表示「改變」。

- **practicable** [ˋpræktɪkəbl̩] **adj.** 可實行的　**解析** practice 表示「練習」、「實行」，黏接 -able 或 -al 時，字尾 e 省略，c 改變唸音為 /k/，衍生成 practicable（[ˋpræktɪkəbl̩] **adj.** 可實行的）、practical（[ˋpræktɪkl̩] **adj.** 實際的）。改變單字唸音的字尾黏接算是不按牌理出牌。

字源方面，-ible 與 -able 雖是印歐語同源，-ible 大多黏接拉丁字源的單字，而 -able 傾向黏接英語本土字，例如：

- **edible** [ˋɛdəbl̩] **adj.** 可食的　**解析** 其字根 ed 是拉丁字，eatable 表示「食用的」，其字根 eat 源自古英文字，二字形成字源上的對應。
- **horrible** [ˋhɔrəbl̩] **adj.** 可怕的　**解析** horr 表示「恐怖」，與 hair「頭髮」同源，因為 horror 會使 hair 豎立起來。
- **incredible** [ɪnˋkrɛdəbl̩] **adj.** 難以置信的　**解析** 字首 in- 表示「否定」，字根 cred 表示「信用」。

-able、-ible 的單字衍生成名詞時，黏接字尾 -ity，分別拼寫為 -ability、-ibility，為「可預測的」，例如：

- **reliability** [rɪˌlaɪəˋbɪlətɪ] **n.** 可靠性　**解析** reliable 表示「可靠的」。
- **possibility** [ˌpɑsəˋbɪlətɪ] **n.** 可能性　**解析** possible 表示「可能的」。

22 字尾 -al

▶ 影音教學 22

◆ 解釋 ◆ ……的、像……、關於……的

◆ 變體 ◆ -ar、-ial、-ual

◆ 說明 ◆ 字尾 -al 有二字源，是少數具有同形異意性質的詞素。

源自拉丁文 -alis 的 -al 形容詞，黏接名詞或形容詞字幹，意思是「……的」（of）、「像……」（like）、「關於……的」（related to），表示與字幹有關或具有其性質的，例如：

- **personal** [ˋpɝsnl] **adj.** 個人的

- **literal** [ˋlɪtərəl] **adj.** 逐字的 　解析　字根 liter 與 letter（文字）同源。

-al 常搭配連結字母 i、u 以使唸音順暢，例如：

- **aerial** [ˋɛrɪəl] **adj.** 幻想的 　解析　aer- 與 air 同源。

- **punctual** [ˋpʌŋktʃʊəl] **adj.** 守時的 　解析　punct = prick，表示「刺」，連結字母 u 的唸音是 /ʊ/，使塞音的 /t/ 轉音為較易發音的塞擦音 /tʃ/。

　　少數 -al 字尾的形容詞由於功能轉換，詞性變化為名詞，這是語意的擴增，例如：special 從「特別的」擴增為「特色菜」、「特別節目」。

黏接 l 字尾的字幹時，為避免二個 /l/ 音相鄰而聽音不易，-al 會異化（dissimilate）為 -ar，唸音為 /ɚ/，例如：

- **angular** [ˋæŋgjələ] **adj.** 有角的 　解析　angul 與 angle 同源。

- **solar** [ˋsolə] **adj.** 太陽的 　解析　sol 與 sun 同源。字源上，-ar 的拉丁字源是 -aris，是 -alis 的另一形式，二者同源。

源自拉丁文 -alia 的 -al 則是形成表示動作的抽象名詞，黏接動詞，例如：

- **arrival** [əˋraɪvl] **n.** 抵達　**解析** 表示 arrive 的動作，字根 rive = river，表示「河流」。
- **refusal** [rɪˋfjuzl] **n.** 拒絕　**解析** 表示 refuse 的動作。
- **denial** [dɪˋnaɪəl] **n.** 否認　**解析** 表示 deny 的動作，i 填補 y 字母的位置。

字尾綴詞常影響字重音的位置，以 -al 而言，即使搭配連結字母，字重音都位於 -al 的前一音節，也就是說，多音節單字黏接 -al 之後，衍生字與單字的重音位置不一致，例如：

- **environment** [ɪnˋvaɪrənmənt] **n.** 環境
- **environmental** [ɪnˏvaɪrənˋmɛntl] **adj.** 環境的

23 字尾 **-ance** ▶ 影音教學 23

◆ **解釋** ▶ 狀態、品質、事實
◆ **變體** ▶ -ancy、-ence、-ency、-ant、-ent、-ient

-ance 源自拉丁文，與 -ancy 同源，大多黏接動詞，表示「狀態」、「品質」或「事實」，例如：

- **allowance** [əˋlaʊəns] **n.** 允許、津貼　**解析** allow 表示「允許」。
- **reliance** [rɪˋlaɪəns] **n.** 信賴、信任　**解析** rely 表示「信賴」。
- **vacancy** [ˋvekənsɪ] **n.** 空缺、空虛　**解析** vac 表示「空的」（empty）。

拉丁文借入法文之後，-ance 及 -ancy 的拼寫分別改變為 -ence 及 -ency，例如：

- **confid**ence [`kɑnfədəns] **n.** 自信、確信　**解析** 字首 con- = together，表示「一起」，字根 fid = trust，表示「信任」。
- **sil**ence [`saɪləns]　**n.** 沉默
- **viol**ence [`vaɪələns]　**n.** 暴力

字根黏接 -ance、-ancy 或 -ence、-ency 形成名詞，形容詞則黏接 -ant、-ent，a、e 首字母幾乎對稱，例如：

- **reli**ance [rɪ`laɪəns] **n.** 信賴　（形容詞）**reli**ant [rɪ`laɪənt]　依靠的、有信心的
- **vac**ancy [`vekənsɪ] **n.** 空缺　（形容詞）**vac**ant [`vekənt]　空缺的
- **appear** [ə`pɪr] **v.** 出現　（名詞）**appear**ance [ə`pɪrəns]　外表、出現，（形容詞）**appar**ent [ə`pærənt]　明顯的，-ance、-ent 不對稱，算是例外。

　　談到字尾 -ence、-ent，讓人自然想到動詞 excel（優於）的名詞衍生字 excellence 及形容詞衍生字 excellent。excel 的字重音在尾音節 cel，黏接字尾綴詞後字重音移至第一音節，但插入尾子音字母 l，讓人誤以為字重音維持在 cel，算是犯規，也是英語字彙任性的表現。

- **excel** [ɪk`sɛl]　**v.** 勝於
- **excell**ent [`ɛkslənt]　**adj.** 出色的

24 字尾 -ate

▶ 影音教學 24

◆ 解 釋 ◆ 動詞字尾

古英文時期，形容詞常黏接動詞字尾綴詞而形成動詞，到了古英文晚期及中古英文時期，一些動詞字尾綴詞剝落，而使動詞及形容詞拼寫一致，例如：

- **dry** [draɪ] **adj.** 乾的；**v.** 弄乾
- **empty** [ˋɛmptɪ] **adj.** 空的；**v.** 使倒空
- **warm** [wɔrm] **adj.** 暖和的；**v.** 使暖和等字。

以上單字都兼具動詞及形容詞性質。

除了動詞及形容詞，經過字彙演變，-ate 還有名詞性質，有一些 -ate 的衍生字不只一種詞性，例如：

- **separate** [ˋsɛpəˏret] **v.** 分開、分開的
  separate [ˋsepərət] **adj.** 個別的
  separate [ˋsɛpəˏret] **n.** 單件衣服
- **moderate** [ˋmɑdərɪt] **n.** 穩健派
  moderate [ˋmɑdəˏret] **v.** 節制
  moderate [ˋmɑdərət] **adj.** 適度的、有節制的

-ate 字尾的動詞黏接 -ion 形成名詞，字尾不發音的 e 省略，例如：

- **celebrate** [ˋsɛləˏbret] **v.** 慶祝、表揚 解析 字根 celebr 源自拉丁字 celeber = populous，表示「擁擠的」、「人口眾多」。
  名詞衍生字 **celebration** [ˏsɛləˋbreʃən] **n.** 慶祝

25 字尾 -er

▶ 影音教學 25

◆ 解 釋 ▶ 產生動作的人或器具

◆ 同 源 ▶ -ier、-eer

-er 表示「動作產生者」，大多黏接動詞，是常見生活中常見的字尾綴詞，例如：

- **leader** [ˋlidɚ] **n.** 引導者 解析 lead 表示「引導」。
- **owner** [ˋonɚ] **n.** 所有者 解析 own 表示「擁有」。
- **customer** [ˋkʌstəmɚ] **n.** 顧客 解析 custom 表示「惠顧」。
- **farmer** [ˋfɑrmɚ] **n.** 農夫 解析 farm 表示「耕作」、「種植」。lodge 有「寄宿」及「提供住宿」二個意思，但是 lodger 僅表示「房客」、「寄宿者」。

除了動詞之外，**-er** 常黏接名詞，例如：

- **gardener** [ˋgɑrdənɚ] **n.** 園丁 解析 garden 表示「花園」。
- **prisoner** [ˋprɪznɚ] **n.** 囚犯 解析 prison 表示「監獄」。
- **officer** [ˋɔfəsɚ] **n.** 軍官 解析 office 表示「官職」。
- **foreigner** [ˋfɔrɪnɚ] **n.** 外國人 解析 -er 黏接形容詞 foreign，表示「國外的」，算是少見的例子。

字尾 **-er** 也黏接不可獨立字根，例如：

- **barber** [ˋbɑrbɚ] **n.** 理髮師 解析 barb 與 beard 同源，皆表示「鬍鬚」，修剪鬍鬚的人就是理髮師。

除了動作產生者，**-er** 常譬喻為產生動作的器具，例如：

- **record**er [rɪ`kɔrdɚ] 　**n.** 錄音者、錄音機
- **play**er [`pleɚ] 　**n.** 演奏者、播放器
- **hold**er [`holdɚ] 　**n.** 持有者、支架

-or 與 **-er** 通常表示具有專業知識或技能的人，例如：

- **edit**or [`ɛdɪtɚ] 　**n.** 編輯人員 　　解析 edit 表示「編輯」。
- **govern**or [`gʌvənɚ] 　**n.** 州長、統治者 　　解析 govern 表示「統治」。

-or 的反義字尾是 **-ee**，表示動作接受者，雖然常見的是 **-er**、**-ee** 對應的關係反義字，例如：

- **train**er [`trenɚ] 　**n.** 訓練者
- **examin**er [ɪg`zæmɪnɚ] 　**n.** 主考官
- **employ**er [ɪm`plɔɪɚ] 　**n.** 雇主

- **train**ee [tre`ni] 　**n.** 受訓者
- **examin**ee [ɪg,zæmə`ni] 　**n.** 考生
- **employ**ee [,ɛmplɔɪ`i] 　**n.** 員工

一些歷史語言學家相信字尾 **-ier**、**-eer** 都與 **-er** 同源，衍生字大多與職業或產生動作者有關，例如：

- **cash**ier [kæ`ʃɪr] 　**n.** 出納員 　　解析 cash 表示「現金」。
- **sold**ier [`soldʒɚ] 　**n.** 軍人
- **mountain**eer [,maʊntə`nɪr] 　**n.** 登山者 　　解析 mountain 表示「山」。

　　值得一提的是，**-ee**、**-eer** 字尾的字重音就在 **-ee**、**-eer** 這音節。

- **em-ploy-ee** [,ɛmplɔɪ`i] 　**n.** 員工
- **moun-tain-eer** [,maʊntə`nɪr] 　**n.** 登山者

◆ 解 釋 ◆　充滿、常發生該動作的狀態

字尾 -ful 源自古英文的 ful，「充滿」的意思，黏接名詞，表示「充滿」該名詞性質的狀態，例如：

- **colorful** [ˋkʌlɚfəl] **adj.** 多采多姿的　解析 「充滿色彩」（full of colors）的狀態。
- **painful** [ˋpenfəl] **adj.** 痛苦的　解析 「充滿痛苦」（full of pains）的狀態。

除了名詞，-ful 也常黏接動詞，表示「常發生該動作的狀態」，例如：

- **forgetful** [fɚˋgɛtfəl] **adj.** 健忘的、遺忘的　解析 forget 表示「忘記」。
- **thankful** [ˋθæŋkfəl] **adj.** 感激的　解析 thank 表示「謝謝」。

字尾 -ous 也是 full of 的意思，黏接名詞，表示「充滿該名詞性質的狀態」，例如：

- **dangerous** [ˋdendʒərəs] **adj.** 危險的　解析 danger 表示「危險」。
- **spacious** [ˋspeʃəs] **adj.** 廣大的　解析 space 表示「空間」。

構詞音韻方面，-ful 黏接尾字母 y 的單字時，為避免 y 與字尾綴詞相鄰，因此字母 y 改為 i，例如：

- **beautiful** [ˋbjutəfəl] **adj.** 美麗的　解析 beauty 表示「美麗」。
- **pitiful** [ˋpɪtɪfəl] **adj.** 可憐的　解析 pity 表示「同情」。
- **merciful** [ˋmɝsɪfəl] **adj.** 仁慈的、慈悲的　解析 mercy 表示「慈悲」。

單字衍生方面，-ful 字尾的形容詞衍生為名詞時，黏接字尾綴詞 -ness，這是可預測的，例如：

- **shamefulness** [ˈʃemfəlnɪs] **n.** 可恥

  解析 shameful 表示「可恥的」；shame 表示「羞恥」。

- **thoughtfulness** [ˈθɔtfəlnɪs] **n.** 體貼、深思

  解析 thoughtful 表示「體貼的」、「深思的」；thought 表示「思慮」。

有趣的是，字尾 -ful 在古英文時期更常出現在字首，例如：

- **fulfill** [fʊlˈfɪl] **v.** 滿足、完成　解析 ful 就是 full，與 fill（使充滿）同源，fulfill 由二個同源字構成。再來看 fulfill 的過去式 fulfilled，屈折綴詞 -ed 黏接重複字尾 l，似乎意味著字幹應該拼寫為 *fulfil，這是英語字彙中引人議論的花絮。

27 字尾　　-fy

▶ 影音教學 27

◆ 解　釋 ▶ 使具有字根性質的動作

◆ 同 源 詞 素 ▶ fact、-fic

動詞字尾 -fy 與字根 fact 同源，意思是「使具有字根性質的動作」，例如：

- **justify** [ˈdʒʌstəˌfaɪ] **v.** 證明　解析 just 表示「公平的」，證明的用意是使**事情公平**。

- **personify** [pəˈsɑnəˌfaɪ] **v.** 擬人化　解析 使具有「人」（person）的性質的動作。

-fy 黏接子音結尾的字幹時，為避免子音相鄰，因此插入填補字母 i，例如：

- **classify** [`klæsə͵faɪ] **v.** 分類　解析 class 表示「等級」。
- **identify** [aɪ`dɛntə͵faɪ] **v.** 辨認、視為同一　解析 字根 ident = the same，表示「相同」。

黏接 y 結尾的字幹時，基於拼字覺識，y 都改為字母 i，例如：

- **glorify** [`glorə͵faɪ] **v.** 讚美、崇拜　解析 glory 表示「光榮」。

單字結尾若是不發音的字母 e，則是將 e 改為 i，再黏接 -fy，否則 e 必須搭配一個母音而增加一個音節，與原來不發音的情況不一致，例如：

- **purify** [`pjʊrə͵faɪ] **v.** 淨化、精煉　解析 pure 表示「純淨的」。
- **simplify** [`sɪmplə͵faɪ] **v.** 簡化、使單純　解析 simple 表示「簡單的」。字尾 -fy 都伴隨字母 i，因此 -ify 可視為 -fy 的一種拼寫形式。

值得注意的是，-fy 的名詞形式是 -fication，fic 的意思是「製造」（making）、「創造」（creating），a 是填補字母。fication 伴隨字母 i，例如：

- **purification** [͵pjʊrəfə`keʃən] **n.** 淨化
- **qualification** [͵kwɑləfə`keʃən] **n.** 資格

-ic

▶ 影音教學 28

◆ 解 釋 ◆ 常見於名詞、形容詞的字尾

◆ 同源詞素 ◆ -ique、-ical、-ics

形容詞字尾 -ic 黏接名詞字幹,表示與字幹有關的,或具有字幹性質的,例如:

- **atomic** [ə`tɑmɪk] **adj.** 原子的 **解析** atom 表示「原子」。
- **alcoholic** [ˌælkə`hɔlɪk] **adj.** 酒精的 **解析** alcohol 表示「酒精」。

源自法文的 -ique 與 -ic 同源,表示「樣式」、「風格」,例如:

- **antique** [æn`tik] **adj.** 古董、古代的

科學名稱或學術用語的字尾 -ic、-ics 與形容詞字尾 -ic 同源,語意上,常從學科有關的簡化為學科名稱,例如:

- **arithmetic** [ə`rɪθmətɪk] **n.** 算術
- **logic** [`lɑdʒɪk] **n.** 邏輯
- **rhetoric** [`rɛtərɪk] **n.** 修辭學
- **aerobics** [ˌeə`robɪks] **n.** 特技飛行 **解析** aero- = air,表示「空氣」。
- **phonetics** [fo`nɛtɪks] **n.** 語音學 **解析** 字根 phon = sound,表示「聲音」。

-ical 是複合形容詞字尾,包含 -ic 及 -al 兩字尾。-al 表示「有關」,例如:

- **personal** [`pɝsnl̩] **adj.** 個人的、私人的 **解析** person,表示「人」。
- **mortal** [`mɔrtl̩] **adj.** 必死的、致死的 **解析** mort = death,表示「死亡」。

另外，-al 常搭配填補字母 i 或 u，例如：

- **cordial** [ˈkɔrdʒəl]　**adj.** 熱心的、真誠的　**解析** 字根 cor 是 heart 的同源字。
- **actual** [ˈæktʃʊəl]　**adj.** 真實的　**解析** act 表示「行為」。

此外，-al 也黏接動詞，形成名詞衍生字，表示動作的名稱，例如：

- **arrival** [əˈraɪvl]　**n.** 抵達　**解析** arrive 表示「抵達」。
- **survival** [səˈvaɪvl]　**n.** 殘存　**解析** survive 表示「生還」。
- **withdrawal** [wɪðˈdrɔəl]　**n.** 提款、撤退　**解析** withdraw 表示「撤回」。

ical 與 -ic 同源，字重音都在前一音節，但同字幹的單字常有不同的語意，例如：

- **economic** [ˌikəˈnɑmɪk]　**adj.** 經濟學的
- **economical** [ˌikəˈnɑmɪkl]　**adj.** 節儉的
- **historic** [hɪsˈtɔrɪk]　**adj.** 歷史上著名的　**解析** a historic battle 是指歷史著名的戰役。
- **historical** [hɪsˈtɔrɪkl]　**adj.** 歷史上的　**解析** a historical event 是指歷史事件。
- **politic** [ˈpɑləˌtɪk]　**adj.** 明智的
- **political** [pəˈlɪtɪkl]　**adj.** 政治的

29 字尾 -ing

▶ 影音教學 29

◆ 解 釋 ◆ 現在分詞、動名詞詞尾

衍生詞綴是增加字幹語意的詞綴，所有的字首都是衍生詞綴，字尾除了衍生詞綴之外，還有屈折詞綴，就是只有文法功能而不影響單字語意的字尾，例如：

- 黏接名詞的複數字尾 -s
- 所有格 -'s
- 黏接動詞的單數動詞 -s
- 過去式 -ed

- 現在分詞 -ing
- 過去分詞 -en
- 黏接形容詞或副詞的比較級 -er
- 最高級 -est

屈折詞綴是藉由構詞標記文法功能，例如：

- **-ed** 標記動詞的時態，説明事件發生於過去時間。
- **-ing** 黏接動詞，形成現在分詞或動名詞。現在分詞表示主動或進行的動作狀態，形容詞性質。

另外，-ing 有「主動」的意涵，主事者為造成的影響負責，例如：

- **shocking** [ˈʃɑkɪŋ]　**adj.** 令人震驚的　解析 shock 表示「震驚」。
- **disgusting** [dɪsˈɡʌstɪŋ]　**adj.** 令人厭惡的　解析 disgust 表示「厭惡」。

形容詞性質的現在分詞黏接副詞字尾 -ly，形成情態副詞，例如：

- **surprisingly** [səˈpraɪzɪŋlɪ]　**adv.** 令人驚訝地　解析 surprising 表示「令人驚訝的」，surprise 表示「令人驚訝的動作」。

-ing 也形成動名詞，賦予動作名詞性質。現在分詞與動名詞的字尾綴詞都是 -ing，語意相關——現在分詞表示主動或進行，而進行與存在有關，因此動名詞表示存在、完成、泛時、習慣。以 age 為例：

- 動詞 **age** 表示「衰老」。
- 動名詞 **aging** 表示「衰老的狀態」。
- 現在分詞 **aging** 表示進行，指「老化的過程」。an aging society 是指老化中的社會，不是社會中都是老人。

　　當然，提到現在分詞，也要提過去分詞。過去分詞的表示完成或被動，所以 aged 的意思是「年老的」，老化過程已完成。相對於 an aging society，an aged society 是指老年社會，就是老年人組的社會。

---

30 字尾　　　　-ion

▶ 影音教學 30

◆ 解 釋 ▶ 常見於名詞字尾

◆ 變 體 ▶ -tion、-ation

字尾 -ion 拼字源自法文，表示「狀態」或「動作」的名詞，例如：

- **action** [ˈækʃən] **n.** 動作　解析 act 表示「行動」。
- **prediction** [prɪˈdɪkʃən] **n.** 預測　解析 predict 表示「預測」。

　　action 及 prediction 的字尾 t 為什麼不唸 /t/，而是唸 /ʃ/ 呢？/t/ 是塞音，發音過程氣流阻塞，為了發音順暢，牙齦音 /t/ 常改唸為硬顎摩擦音或塞擦音——/t/ 與 /j/、/ə/、/ɪ/、/ʊ/ 拼音時，硬顎化為 /ʃ/、/tʃ/、/ʒ/ 等音，因此 -tion 的 t 字母唸 /ʃ/。

以 suggestion [sə`dʒɛstʃən]（建議）、question [`kwɛstʃən]（問題）等字來說，stion 若唸 /sʃən/，發音或辨音上都不容易，因此 /t/ 硬顎化為 /tʃ/。

另外，-ion 黏接 d 字母時，同樣是牙齦音的 /d/ 也會產生硬顎化，幾乎都唸 /ʒ/，少數唸 /ʃ/，d 字母都變換為 s，例如：

- **expand** [ɪk`spænd] **v.** 擴張

  [解析] 黏接 -ion 衍生成名詞 expansion [ɪk`spænʃən]，s 字母唸 /ʃ/。

- **decide** [dɪ`saɪd] **v.** 決定

  [解析] 黏接 -ion 衍生成名詞 decision [dɪ`sɪʒən]，s 字母唸 /ʒ/。

值得注意的是，d 字母黏接形容詞字尾 -ive，變換為 s 字母，s 唸 /s/ 音，不產生硬顎化，例如：

- **expansive** [ɪk`spænsɪv] **adj.** 擴張的
- **decisive** [dɪ`saɪsɪv] **adj.** 決定性的

字母 t、d 黏接字尾 -ion 產生硬顎化，是唸音主導拼字的明顯例子：

- **submit** [səb`mɪt] **v.** 使服從 [解析] 黏接 -ion 衍生成 submission（屈從），為何多出一個字母 s？這是保留古法文的拼寫，而保留古老拼字也是現代英語字彙中常見的景致。

-ion 除了黏接單字，還黏接不可獨立字根，也有硬顎化現象，例如：

- **nation** [`neʃən] **n.** 國家 [解析] nat = birth 表示「出生」。

構詞衍生方面，-ion 字尾的名詞衍生為形容詞時，大多黏接 -al，例如：

- **additional** [ə`dɪʃənḷ] **adj.** 附加的
- **national** [`næʃənḷ] **adj.** 國家的、公立的

值得注意，fashionable（時尚），fashion 是動詞，「使成形」的意思。

字尾 -ize 的動詞衍生為名詞時，黏接 -ion，插入連結字母 at、e 省略，原因應該是考量語音的呈現，例如：

- **internationalization** [ˌɪntɚˌnæʃənləˈzeʃən] **n.** 國際化

以下等字黏接 -ion 時的拼字變化也是語音考量：
- **addition** [əˈdɪʃən] **n.** 增加
- **invitation** [ˌɪnvəˈteʃən] **n.** 邀請

31 字尾 -ism

◆ 解 釋 ◆ 主義、學說、制度、狀態

名詞字尾 -ism 表示「主義、學說、制度、狀態」，例如：

- **centralism** [ˈsɛntrəlˌɪzəm] **n.** 中央集權主義　解析 central 表示「中央的」。
- **Buddhism** [ˈbʊdɪzəm] **n.** 佛教　解析 Buddha 表示「佛」。
- **despotism** [ˈdɛspətˌɪzəm] **n.** 專制政治　解析 despot 表示「暴君」。
- **heroism** [ˈhɛroˌɪzəm] **n.** 勇氣　解析 hero 表示「英雄」。

有些字根書籍將 enthusiasm（熱心、狂熱）的 -asm 解釋為 -ism，認為二者同源，但仍需考據。

-ist 表示「擁有某種技能或抱持某種理念的人」，常與 -ism 形成對應的單字組，例如：

- **modernism** [ˈmɑdɚnˌɪzəm] **n.** 現代主義　解析 modernist 表示「現代主義者」。

- **optimism** [ˋɑptəmɪzəm] **n.** 樂觀主義 解析 optimist 表示「樂觀主義者」，optimistic 表示「樂觀的」。

- **pessimism** [ˋpɛsəmɪzəm] **n.** 悲觀主義 解析 pessimist 表示「悲觀主義者」，pessimistic 表示「悲觀的」。

- **antagonism** [ænˋtægəˌnɪzəm] **n.** 敵對 解析 antagonist 表示「敵手」，ant-就是 anti-，為避免母音相鄰而省略 i；字根 agon = struggle，表示「掙扎」。

字源方面，動詞字尾 -ize，表示做出字幹所示名詞的動作，例如：

- **symbol** [ˋsɪmbl̩] **n.** 象徵；　名詞　**symbolism** [ˋsɪmbl̩ˌɪzəm]　象徵主義；　動詞　**symbolize** [ˋsɪmbl̩ˌaɪz]　象徵

---

32 字尾　-ist

▶ 影音教學 32

◆ 解　釋 ◆ 從事某活動、領域的專家，或持有某種思想、主義的人

◆ 同源詞素 ◆ -istic

-ist 表示「從事某活動、某領域的專家，或持有某種思想、主義的人」，例如：

- **tourist** [ˋturɪst] **n.** 觀光客 解析 tour 表示「旅行」，與 turn 同源。

- **dentist** [ˋdɛntɪst] **n.** 牙醫師 解析 dent 與 tooth 同源。

- **biologist** [baɪˋɑlədʒɪst] **n.** 生物學家 解析 biology 表示「生物學」。

- **feminist** [ˋfɛmənɪst] **n.** 女權主義者 解析 feminine 表示「女性」。

- **humanist** [ˋhjumənɪst] **n.** 人道主義者 解析 human 表示「有人性的」。

　　以 race 來説，race 有「賽跑」及「種族」二意思，與人相關的衍生字有 racer 及 racist，racer 是指「賽跑者」，-er 表示「動作產生者」，而 racist 是指「種族主義者」。從詞素辨識字義可説是字彙學習的重要途徑。

- **race** [res]　**n.** 賽跑、種族
- **racist** [`resɪst]　**n.** 種族主義者
- **racer** [`resɚ]　**n.** 賽跑者

-istic 也與 -ist 同源，是 -ist 黏接 -ic 所構成的複合形容詞字尾，例如：

- **artistic** [ɑr`tɪstɪk]　**adj.** 藝術的、精美的　解析 art 表示「藝術」。
- **realistic** [rɪə`lɪstɪk]　**adj.** 現實的、逼真的　解析 real 表示「真實的」。

33 字尾　　　　　　-ive

▶ 影音教學 33

◆ 解 釋 ▶ 狀態

◆ 同 源 詞 素 ▶ -ic、-y

-ive 通常形成形容詞，表示「狀態」，例如：

- **massive** [`mæsɪv]　**adj.** 大量的、塊狀的　解析 mass 表示「團、塊」。
- **suggestive** [sə`dʒɛstɪv]　**adj.** 暗示的　解析 suggest 表示「暗示」。
- **selective** [sə`lɛktɪv]　**adj.** 選擇性的　解析 select 表示「選擇」。
- **talkative** [`tɔkətɪv]　**adj.** 多話的　解析 -ive 結構擴大為 -ative。

構詞方面，-ive 常黏接 -ness 而衍生為名詞，e 字母不省略，例如：

- **competitiveness** [kəm`pɛtətɪvnɪs]　**n.** 競爭力　解析 competitive 表示「競爭的」，compete 表示「競爭」。

- **productiveness** [prə`dʌktɪvnɪs] **n.** 多產　**解析** productive 表示「多產的」，produce 表示「生產」。

-ive 也常黏接 -ty，同樣衍生為名詞，但是 e 字母改為 i，例如：

- **activity** [æk`tɪvətɪ] **n.** 活動　**解析** active 表示「主動的」、「積極的」。
- **sensitivity** [ˌsɛnsə`tɪvətɪ] **n.** 敏感、感性　**解析** sensitive 表示「敏感的」、「過敏的」。

另一方面，-ive 常與 -ion 黏接同一字根，形成形容詞與名詞對稱的相關字組，例如：

- **aggression** [ə`grɛʃən] **n.** 侵略　**解析** aggressive 表示「侵略性的」。
- **invention** [ɪn`vɛnʃən] **n.** 發明　**解析** inventive 表示「發明的」、「有創意的」。

值得注意的是，一些 -ive 字尾的單字也有名詞性質，表示與字幹所示動作相關的人，例如：

- **detective** [dɪ`tɛktɪv] **n.** 偵探　**解析** detect 表示「偵測」，而 detector 是指「偵測器」。
- **relative** [`rɛlətɪv] **n.** 親戚　**解析** relate 表示「有關」、「涉及」。
- **representative** [rɛprɪ`zɛntətɪv] **n.** 代表　**解析** represent 表示「代表」。

字源方面，-ive、-ic、-y 等形容詞字尾同源，而名詞及形容詞字尾的 -y 不同源，例如：

- **honesty** [`ɑnɪstɪ] **n.** 正直、誠實　**解析** 與 hasty（**adj.** 匆忙的）相較，兩字的字尾 y 不同源。

-ize

▶ 影音教學 34

◆ 解 釋 ▶ 使……化

◆ 變 體 ▶ -ise

-ize 是動詞字尾，源自希臘文，黏接於名詞或形容詞，表示使具名詞或形容詞的性質，相當於中文的「化」，例如：

- **symbolize** [ˋsɪmbḷˏaɪz] **v.** 象徵 解析 symbol 表示「象徵」。
- **victimize** [ˋvɪktɪˏmaɪz] **v.** 使犧牲、使受害 解析 victim 表示「受害者」。
- **civilize** [ˋsɪvəˏlaɪz] **v.** 教化、使文明 解析 civil 表示「市民的」、「民事的」。
- **specialize** [ˋspɛʃəlˏaɪz] **v.** 專攻、專門從事 解析 special 表示「特別的」。

-ize 的動詞衍生為名詞，黏接字尾 -ion，省略不發音的尾字母 e，填補字母 a，-ion 拼寫為 -tion，例如：

- **civilization** [ˏsɪvḷəˋzeʃən] **n.** 文明 解析 是 civilize（使文明）的名詞衍生字。
- **organization** [ˏɔrgənəˋzeʃən] **n.** 組織 解析 是 organize（組織）的動詞衍生字。

-ize 的英式拼寫是 -ise，例如：

- **advertise** [ˋædvəˏtaɪz] **v.** 做廣告、通知 解析 advertiser 表示「廣告客戶」。

35 字尾 -less

▶ 影音教學 35

◆ 解釋 ▶ 缺乏

字尾 -less 通常表示「缺乏」（lack），黏接名詞，表示缺乏該名詞性質的，因此，-less 使名詞衍生為形容詞。-less 沒有唸音或拼字變化，容易辨識，例如：

- **careless** [ˈkɛrlɪs] **adj.** 不小心的　解析 care 表示「小心」。
- **useless** [ˈjuslɪs] **adj.** 無用處的　解析 use 表示「使用」。
- **hopeless** [ˈhoplɪs] **adj.** 絕望的　解析 hope 表示「希望」。

-less 常黏接 -ness 而衍生為名詞，例如：

- **carelessness** [ˈkɛrlɪsnɪs] **n.** 粗心
- **uselessness** [ˈjuslɪsnɪs] **n.** 無用
- **hopelessness** [ˈhoplɪsnɪs] **n.** 絕望

語意而言，同字根的 -less 及 -ful 的衍生字常形成反義字，例如：

- **careful** [ˈkɛrfəl] **adj.** 小心的　解析 careless 表示「粗心的」。
- **useful** [ˈjusfəl] **adj.** 有用的　解析 useless 表示「無用處的」。
- **hopeful** [ˈhopfəl] **adj.** 有希望的　解析 hopeless 表示「絕望的」。

當然，名詞衍生字也互為反義字，例如：

- **carelessness** [ˈkɛrlɪsnɪs] **n.** 粗心　解析 carefulness 表示「細心」。
- **uselessness** [ˈjuslɪsnɪs] **n.** 無用　解析 usefulness 表示「有用」。
- **hopelessness** [ˈhoplɪsnɪs] **n.** 絕望　解析 hopefulness 表示「有希望」。

與價值、價錢有關的 -less 衍生字常具負向語意，表示缺乏單字性質的，例如：

- **costless** [ˋkɔstlɪs] adj. 不花錢的 解析 cost 表示「花費」。
- **valueless** [ˋvæljʊlɪs] adj. 無價值的 解析 value 表示「價值」。

但是，有些卻是正向語意，表示無法達到的程度，例如：

- **priceless** [ˋpraɪslɪs] adj. 表示無價的 解析 price 表示「價錢」。
- **countless** [ˋkaʊntlɪs] adj. 表示無數的、數不盡的 解析 count 表示「數算」。

　　值得一提的是，字尾綴詞 -less 與單字 less（較少的，little 的比較級）雖然拼字一致，但是不同字源，不可混淆。

36 字尾　　-ly　　▶ 影音教學 36

◆ 解 釋 ◆ 副詞、形容詞字尾

字尾 -ly 源自古英文的 like，黏接形容詞、分詞，甚至名詞，形成情態副詞，表示「狀態」，例如：

- **roughly** [ˋrʌflɪ] adv. 概略地、粗魯地 (形容詞) **rough** [rʌf]　粗糙
- **surprisingly** [səˋpraɪzɪŋlɪ] adv. 出人意外地
  (現在分詞) **surprising** [səˋpraɪzɪŋ]　令人驚訝
- **excitedly** [ɪkˋsaɪtɪdlɪ] adv. 興奮地
  (過去分詞) **excited** [ɪkˋsaɪtɪd]　興奮的、刺激
- **namely** [ˋnemlɪ] adv. 即、那就是 (名詞) **name** [nem] 姓名
- **purposely** [ˋpɝpəslɪ] adv. 故意地 (名詞) **purpose** [ˋpɝpəs] 目的

-ly 黏接含 heart、hand 的複合形容詞，例如：

- **half-heartedly** [ˌhɑlfˈhɑrtɪdlɪ] **adv.** 敷衍地
- **lightheartedly** [ˈlaɪtˈhɑrtɪdlɪ] **adv.** 輕鬆地、愉快地
- **high-handedly** [haɪˈhændɪdlɪ] **adj.** 粗暴地

一些兼具副詞性質的形容詞黏接 -ly，形成另一副詞，二者語意不同，例如：

- **high** [haɪ] **adj.** 高 **解析** highly 表示「高度地」。
- **late** [let] **adj.** 遲 **解析** lately 表示「最近」。
- **hard** [hɑrd] **adj.** 辛勞的 **解析** hardly 表示「幾乎不」。

構詞音韻方面，-ly 黏接 y 結尾的單字時，由於 y 不黏接字尾綴詞，因此 y 改為 i，而 i 字母是原來的 y，而不是有 -ily 這樣的字尾。功能語法方面，含 -ly 的情態副詞可以代換為介系詞片語，例如：

- **easily** [ˈizɪlɪ] **adv.** 容易地 **解析** 等於 with ease。
- **carefully** [ˈkɛrfəlɪ] **adv.** 小心地 **解析** 等於 with care。

形成副詞的字尾 -ly 與形成形容詞的 -ly 同源。形容詞字尾 -ly 黏接名詞，表示具有名詞性質的狀態，例如：

- **costly** [ˈkɔstlɪ] **adj.** 貴重的 **解析** cost 表示「費用」。
- **friendly** [ˈfrɛndlɪ] **adj.** 友善的 **解析** friend 表示「朋友」。
- **bodily** [ˈbɑdɪlɪ] **adj.** 具體的、身體上的 **解析** body 表示「身體」。

句構上，副詞是句子最右側的詞組；構詞上，副詞詞綴是單字最右側的詞綴，因此，friendliness（ **n.** 友情）的字幹 **friendly** 是形容詞，不是副詞。

37 字尾 -ment

▶ 影音教學 37

◆ 解 釋 ◆ 名詞字尾

字尾 -ment 源自法文，表示動作的結果或手段，大多黏接動詞，容易辨識，例如：

- **achieve**ment [ə`tʃivmənt] **n.** 成就、完成　解析 achieve 表示「完成」。
- **pay**ment [`pemənt] **n.** 支付　解析 pay 表示「支付」。
- **treat**ment [`tritmənt] **n.** 治療、處理　解析 treat 表示「對待」。
- **merri**ment [`mɛrɪmənt] **n.** 歡樂　解析 merry 表示「歡樂的」。

-ment 黏接不可獨立字根，常搭配 -al、-ary 等字尾而衍生為形容詞，例如：

- **senti**ment [`sɛntəmənt] **n.** 感情、傷感　解析 字根 sent = feel，表示「感覺」。

  黏接 -al 衍生成形容詞　**senti**mental [ˌsɛntə`mɛntl] 感情的、感傷的

- **environ**ment [ɪn`vaɪrənmənt] **n.** 環境　解析 字首 en- = in，表示「裡面」，字根 viron = circuit，表示「周圍」。

  黏接 -al 形成衍生字　**environ**mental [ɪnˌvaɪrən`mɛntl] **adj.** 環境的

- **ele**ment [`ɛləmənt] **n.** 元素、要素

  （一）形容詞衍生字　**ele**mental [ˌɛlə`mɛntl] 基本的、原始的

  （二）形容詞衍生字　**ele**mentary [ˌɛlə`mɛntərɪ] 初級的、基本的

值得注意的是，-ment 黏接 -al 或 -ary 之後，字重音會移至 -ment。

38 字尾 -ness

▶ 影音教學 38

◆ 解釋 ▶ 行動、品質、狀態或以……結尾的名詞

字尾 -ness 表示「行動」、「品質」、「狀態」，黏接形容詞，形成抽象名詞，例如：

- **aware**ness [əˋwɛrnɪs] **n.** 察覺、知覺 解析 aware 表示「察覺的、意識到的」。
- **polite**ness [pəˋlaɪtnɪs] **n.** 禮貌 解析 polite 表示「有禮貌的」。

-ness 黏接過去分詞，同樣形成抽象名詞，例如：

- **wicked**ness [ˋwɪkɪdnɪs] **n.** 邪惡、邪惡的行為 解析 wicked 表示「邪惡的」。
- **indebted**ness [ɪnˋdɛtɪdnɪs] **n.** 恩惠 解析 debt 表示「債務」，**免了債**就是施恩與人。
- **forgive**ness [fəˋgɪvnɪs] **n.** 寬恕 解析 -ness 黏接於動詞 forgive，表示「寬恕」，算是少見的例子。
- **wit**ness [ˋwɪtnɪs] **n.** 證人、證物 解析 也有動詞用法，表示「目睹」、「證明」，也是少見的例子。

-ful、-less、-ous 等形容詞字尾黏接 -ness 而衍生為名詞，這是可預測的單字衍生，例如：

- **careful**ness [ˋkɛrfəlnɪs] **n.** 小心 解析 careful 表示「小心的」。
- **careless**ness [ˋkɛrlɪsnɪs] **n.** 粗心 解析 careless 表示「不小心的」。
- **nervous**ness [ˋnɝvəsnɪs] **n.** 緊張 解析 nervous 表示「緊張的」。

另外，-ness 是單字最右側的詞綴，不會再黏接其他字尾。

-ness 與 -tude 是同義字尾，例如：

- **attitude** [`ætətjud] **n.** 態度
- **multitude** [`mʌltə‚tjud] **n.** 多數、群眾
- **magnitude** [`mæɡnə‚tjud] **n.** 強度、重要 解析 magni- 與 major、max- 同源，表示「很大的」（great）。

39 字尾 -ory
▶ 影音教學 39

◆ 解 釋 ◆ 表示具有某種性質、場所

形容詞字尾 -ory 表示具有某種性質的，黏接動詞，例如：

- **contradictory** [‚kɑntrə`dɪktərɪ] **adj.** 矛盾的、對立的 解析 contradict 表示「矛盾、反駁」。
- **satisfactory** [‚sætɪs`fæktərɪ] **adj.** 令人滿意的 解析 字根是 satisfy，表示「使滿意」，以字尾 -fy 的同源字根 fact 黏接 -ory。
- **preparatory** [prɪ`pærə‚torɪ] **adj.** 準備的、初步的 解析 字根 prepare 表示「預備」。

不同於多數形容詞字尾只表示狀態或性質，-ory 還可表示「場所」，源自中古英文 -orie，例如：

- **factory** [ˋfæktərɪ] **n.** 工廠 解析 字根 fact 源自拉丁文 facere = make，表示「製造」。

- **dormitory** [ˋdɔrmə͵torɪ] **n.** 宿舍 解析 字根 dorm = sleep，表示「睡覺」。

- **territory** [ˋtɛrə͵torɪ] **n.** 領土、領域 解析 字根 terr 源自拉丁文 terra = earth，表示「土地」。

同樣表示「場所」的字尾還有 -ary 及 -ery。

- **granary** [ˋgrænərɪ] **n.** 穀倉 解析 字根 gran 就是 grain（穀物、顆粒），黏接字尾綴詞而拼字縮減，唸音減弱。

- **mortuary** [ˋmɔrtʃʊ͵ɛrɪ] **n.** 停屍間、喪葬的 解析 -ary 兼具名詞及形容詞，字母 u 是連結字母，字根 mort = death，表示「死亡」，與表示「謀殺」的 murder 同源。

再來看 -ery 場所的例字：

- **brewery** [ˋbruərɪ] **n.** 釀酒廠、啤酒廠 解析 brew 表示「釀造」。

- **distillery** [dɪˋstɪlərɪ] **n.** 蒸餾酒製造廠 解析 字首 di- = apart，表示「分開」，字根 still 表示「滴下」（drop）。

- **winery** [ˋwaɪnərɪ] **n.** 葡萄酒廠 解析 wine 是「葡萄酒」，釀酒原料採自葡萄藤 vine，wine 與 vine 同源，v 及 w 字母同源。酒廠的字尾都是 -ery，源自法文 erie。品酒是法國文化特色之一，釀酒廠更是法國鄉村特有景致，語言自然流露文化風貌，既是蘊藏，也是外顯。

40 字尾 -ty

◆ 變 體 ▶ -ity

◆ 解 釋 ▶ 性質或狀態

字尾 -ty 黏接形容詞，形成名詞，表示「性質或狀態」，例如：

- **certainty** [`sɝtəntɪ] **n.** 確實、確信　解析 certain 表示「確實的」。
- **loyalty** [`lɔɪəltɪ] **n.** 忠貞、真實　解析 loyal 表示「忠實的」。
- **safety** [`seftɪ] **n.** 安全　解析 safe 表示「安全的」。

-ty 黏接不可獨立字根，形成名詞，例如：

- **bounty** [`baʊntɪ] **n.** 慷慨、獎勵金　解析 boun = good，表示「好」、「利益」，與表示「紅利」的 bonus 同源。
- **poverty** [`pɑvɚtɪ] **n.** 貧窮、缺乏　解析 pover = poor 表示「貧窮」。

構詞音韻方面，-ty 黏接子音結尾的字幹時，為形成「子音＋母音」的拼音，因此插入 i 作為連結字母，字重音落在 i 的前一音節，例如：

- **reality** [ri`ælətɪ] **n.** 真實、實際　解析 real 表示「真實的」。
- **rapidity** [rə`pɪdətɪ] **n.** 迅速、急促　解析 rapid 表示「快速的」。
- **personality** [ˌpɝsn`ælətɪ] **n.** 人格、個性　解析 personal 表示「個人的」。

-iety 是 -ty 搭配連結字母 ie，字重音落在 ie，例如：

- **anxiety** [æŋˋzaɪətɪ] [n.] 憂慮
- **variety** [vəˋraɪətɪ] [n.] 變化、多樣性　[解析] i 是字根 vary 尾字母 y 的替代字母，與 -ty 字尾無關。

另外，-ty 也是基數 20 至 90 的字尾綴詞，例如：

- **twenty** [ˋtwɛntɪ] [n.] 20
- **thirty** [ˋθɝtɪ] [n.] 30
- **forty** [ˋfɔrtɪ] [n.] 40

這些單字黏接 -th 形成序數時，除了 y 字尾改成 i，還插入 e 字母，以使發音順暢，字重音落在 i 字母前一音節，例如：

- **twentieth** [ˋtwɛntɪɪθ] [n.] 第 20
- **thirtieth** [ˋθɝtɪɪθ] [n.] 第 30
- **fortieth** [ˋfɔrtɪɪθ] [n.] 第 40

　　另一方面，13 至 19 的字尾 -teen 與 ten 同源，而 ten 又與表示「10」的字首 deca 同源，例如：decade（10 年）。

　　至於數字 11 及 12，為何是 eleven、twelve，而不是 -teen 的衍生字呢？那是因為英文單字也要與一些其他的文字一樣，保留 12 進位的標記特徵。

41 字根　act

▶ 影音教學 41

單字 act 是一語意廣泛的拉丁字根，包括常見的行動、作用、驅使，例如：

- **act**ive [`æktɪv]　**adj.** 活動的、主動的、能起作用的
- **act**ivity [æk`tɪvətɪ]　**n.** 活動
- **act**ivist [`æktəvɪst]　**n.** 行動主義者
- **act**ion [`ækʃən]　**n.** 作用、行動
- re**act**ion [rɪ`ækʃən]　**n.** 反應、反作用力
- re**act**or [rɪ`æktə]　**n.** 反應爐
- trans**act**ion [træn`zækʃən]　**n.** 交易　解析 act = drive，表示「驅使」。

act 表示「戲劇有關的一幕、扮演」，例如：

- **Act One of Carmen** 卡門第一幕
- **The actor acted Othello at the Royal Theater**
  該演員於皇家劇院扮演奧賽羅。

act 有「法律相關」的語意，例如：

- **Labor Standards Act** 勞動基準法　解析 act 表示「法案」。
- **The Act is enacted to provide minimum standards for working conditions.** 該法案（勞動基準法）乃為提供工作條件的最低標準而制定
  解析 ennact 表示「制定為法律」。

action 還有「訴訟」的意思，例如：

- **file an action for divorce** 提起離婚訴訟
  解析 action 的衍生字 actionable 表示「可訴訟的」。

轉音同源方面，act 的同源字根是 ag，/k/、/g/ 轉音，為「做」、「實行」的意思，例如：

- **agency** [ˋedʒənsɪ] **n.** 代理、經銷處　**解析** agent 表示「代理人」、「動作者」＝ doer（動作者），字尾 -ency、-ent 對稱，意即黏接 -ency 的字根常同時黏接 -ent。
- **agenda** [əˋdʒɛndə] **n.** 議程

構詞音韻方面：

- **action** [ˋækʃən] **n.** 作用、作用力　**解析** act 黏接 -ion 時，/t/ 與 /ə/ 拼音，/t/ 硬顎化為 /ʃ/，因此唸為 [ˋækʃən]。
- **actual** [ˋæktʃʊəl] **adj.** 事實上的　**解析** act 黏接形容詞字尾 -al 時，插入母音 /ʊ/，增加連接字母 u，/t/ 硬顎化為 /tʃ/，唸為 [ˋæktʃʊəl]。

有趣的是，actual 的活動力很強，可以衍生為名詞、動詞、副詞等詞性的單字。例如：

- **actuality** [ˌæktʃʊˋælətɪ] **n.** 現實　**解析** -ty 是名詞字尾，介係詞片語 in actuality 可代換為情態副詞 actually，也是 actual 的衍生字。
- **actualist** [ˋæktʃʊəl͵ɪst] **n.** 現實主義者　**解析** -ist 表示具有某種理念或技能的人。
- **actualize** [ˋæktʃʊəl͵aɪz] **v.** 實現、實行　**解析** -ize 是動詞字尾。
- **actuate** [ˋæktʃʊ͵et] **v.** 使活動、促使　**解析** -ate 也是動詞字尾。

bio

◆ 解 釋 ▶ 生命

字根 bio 源自希臘文 bios，為「生命」（life）的意思，衍生字不少，例如：

- **bio**logy（希臘字 βιολογία）[baɪˋɑlədʒɪ] **n.** 生物學 解析 字根 logy = study，表示「研究」，可用單字 logic（邏輯）巧記，表示研究的知識都有邏輯。
- **bio**sphere（希臘字 βιόσφαιρα）[ˋbaɪəˏsfɪr] **n.** 生物圈 解析 sphere = globe，表示「球體」，引申為範疇。
- **bio**graphy（希臘字 βιογραφία）[baɪˋɑgrəfɪ] **n.** 傳記 解析 縮寫為 bio，字根 graphy = write，表示「寫」，若黏接字首 auto- = self，表示「自己」，衍生字 autobiography（希臘字 αυτοβιογραφία）是自傳，解釋為寫出自己生命歷程的書。

bio 的衍生字隨著科技演進而增加，例如：

- **bio**chemistry（希臘字 βιοχημεία）[ˋbaɪoˋkɛmɪstrɪ] **n.** 生物化學 解析 chemistry 表示「化學」。
- **bio**technology（希臘字 βιοτεχνολογία）[ˏbaɪotɛkˋnɑlədʒɪ] **n.** 生物科技 解析 可縮減為 biotech，technology 表示「技術」，-techn 是「技巧」（skill）。
- **amphi**bian [æmˋfɪbɪən] **n.** 兩棲動物 解析 字首 amphi-（希臘字 αμφ）是「在兩邊」（on both sides、around）的意思，字尾 -an 是指「人或物」。bio 黏接母音為首的字尾 -an，為了發音順暢，/o/ 音省略，拼字縮減為 bi。

43 字根 **cap**

▶ 影音教學 43

◆ 解 釋 ◆ 抓

◆ 同 源 詞 素 ◆ capt、cept、ceipt、ceive、cips

字根 cap 源自拉丁文 capere，印歐詞根是 kap，為「抓」（grasp）的意思，例如：

• **cap**t**ure** [ˋkæptʃɚ] **n.** 捕獲物 **v.** 捕獲
• **cap**t**ive** [ˋkæptɪv] **n.** 俘虜 **adj.** 被俘的
• **cap**able [ˋkepəbl] **adj.** 有能力的 **解析** **能夠抓取**的意思，字尾 able 表示「能夠的」。

cap 的同源字根有 cept、ceipt、ceive、cip，母音分別是 /ɛ/、/i/、/ɪ/，字母 c 都唸 /s/，例如：

• **ac**c**ept** [əkˋsɛpt] **v.** 接受、同意 **解析** ac- = to，表示「朝向」，**願意去拿取**就是接受、同意。
• **con**c**ept** [ˋkɑnsɛpt] **n.** 概念 **解析** con- = together，表示「一起」，**想法拿取一起**便形成概念。

另外，ceive 的衍生字大多是動詞，例如：

• **con**c**eive** [kənˋsiv] **v.** 認為、懷孕
• **re**c**eive** [rɪˋsiv] **v.** 接受 **解析** **拿回**就是接受
• **de**c**eive** [dɪˋsiv] **v.** 欺騙 **解析** de- 就是 dis-，為「分離」（away）的意思。

再來看 cip，由於母音弱讀為 /ə/，字母縮減為 i，因此置於衍生字的第三音節，例如：

- **anticipate** [æn`tɪsəˌpet] **v.** 預期、期待 解析 雙音節字首 anti- = before，表示「前面」，ate 是動詞字尾。
- **participate** [pɑr`tɪsəˌpet] **v.** 分享、參加 解析 part 表示「部分」，字母 i 是連結字母，ate 也是動詞字尾。

　　從上列說明，我們不難理出 cap 的變化趨勢——cap 含字母 a，唸音為 /æ/，置於第一音節；黏接單音節字首，母音弱化為 /ɛ/ 或 /i/，拼寫為 e 或 ei；置於第三音節，母音進一步弱化為響度更小的 /ɪ/，對應字母 i。

44 字根 cede ▶ 影音教學 44

◆ 解釋 ◆ 去、讓步
◆ 變體 ◆ ceed、cess

字根 cede 源自拉丁文 ceder，表示「去」（go）、「讓步」（yield），單字 cede 為「放棄」、「割讓」的意思。

- **intercede** [ˌɪntɚ`sid] **v.** 仲裁、調解 解析 字首 inter- 表示「二或三者之間」（between）、「三者以上之間」（among），**進入兩造之間說項**就是 intercede。

cede 也可拼寫為 ceed、cess，母音通轉，/d/、/s/ 轉音，黏接字首而衍生成單字，因此，看到 cede、ceed、cess 的衍生字時，以 go 搭配字首便可輕鬆臆測單字語意。

1. 黏接 pro-，為「往前」（forward），單字便與「往前」、「進行」有關，例如：

- **proceeding** [prə`sidɪŋ] **n.** 事件、過程
- **proceed** [prə`sid] **v.** 繼續進行、進展
- **procedure** [prə`sidʒɚ] **n.** 程序
- **process** [`prɑsɛs] **n.** 過程 **v.** 處理

2. 字首 ante- 是「前面」（before）的意思，例如：

- **antecede** [͵æntə`sid] **v.** 超越
- **antecedent** [͵æntə`sidənt] **n.** 先行詞 **adj.** 在前的

3. 黏接 re-、retro-，與「往後」、「返回」有關，例如：

- **recession** [rɪ`sɛʃən] **n.** 退卻、蕭條
- **retrocede** [͵rɛtro`sid] **v.** 歸還

4. 黏接 ex-，與「超越」、「過度」有關，例如：

- **exceed** [ɪk`sid] **v.** 優於、勝過
- **excess** [ɪk`sɛs] **v.** 超過 **adj.** 多餘的
  衍生字 **excessive** [ɪk`sɛsɪv] **adj.** 過度的

5. 黏接 ac- = to（前往），單字便與「接近」、「入口」有關，例如：

- **access** [`æksɛs] **n.** 接近、入口
  衍生字 **accessible** [æk`sɛsəbl] **adj.** 易接近的、可取得的

45 字根 claus

▶ 影音教學 45

◆ 解 釋 ◆ 關閉

◆ 同 源 ◆ close、clud、clus

◆ 說 明 ◆ 字根 claus 源自拉丁文 claudere，表示「關閉」（close），close 與 claus 同源，clud、clus 也與 claus 同源。claus、close、clud、clus 的音節首子音（onset），意即母音前的子音都是 cl，母音分別是 /ɔ/、/o/、/u/，都是後母音；音節尾子音（coda），也就是母音後的子音則是 /d/、/s/，牙齦部位的轉音。從學習角度而言，由語音著手，理解同源字音節結構，便能辨識拼字、達到學習效果，這也符合英語從音取義，從語音主導拼字的特性。

同源 **claus**、**close**、**clud**、**clus**
[klɔz]　[klos]　[klud]　[klus]
clause 意思為「子句」、「條款」、「關閉」（close），都是獨立字根，黏接字首、字尾形成衍生字，例如：

- **claustrophobia** [ˌklɔstrə`fobɪə]　**n.** 幽閉恐懼症　解析 phobia = fear，表示「恐懼」。

- **closet** [`klɑzɪt]　**n.** 壁樹、小房間　解析 字尾 -et 表示「小的」（small）。

- **disclose** [dɪs`kloz]　**v.** 揭發、洩露　解析 字首 dis- = not，表示「否定」
  名詞衍生字 **disclosure** [dɪs`kloʒɚ] 揭發

- **enclose** [ɪn`kloz]　**v.** 隨函附寄　解析 字首 en- = an intensive prefix，表示「加強語氣」。

藉由 close 聯想 clud、clus，同源相推，語意相連，單字字根相扣，增進字根辨識效果。

clud 形成動詞，衍生成名詞時，黏接字尾 -ion，字尾拼寫為 sion，s 字母硬顎化為 /ʒ/，衍生成形容詞時，黏接字尾 -ive，字尾拼寫為 sive，s 字母維持唸 /s/，例如：

- **conclude** [kən`klud] **v.** 作結論　**解析** 字首 con- ＝ together，表示「一起」，**將觀點關在一起**是作結論。
  （名詞衍生字）**conclusion** [kən`kluʒən]　結論
  （形容詞衍生字）**conclusive** [kən`klusɪv]　決定性的
- **exclude** [ɪk`sklud] **v.** 排除、拒絕　**解析** 字首 ex- ＝ out，表示「往外」，**關在外面**是排除、拒絕。
  （名詞衍生字）**exclusion** [ɪk`skluʒən]　排除、排斥
  （形容詞衍生字）**exclusive** [ɪk`sklusɪv]　排外的、獨佔的

46
字根

　　clud、clusion、clusive 的衍生過程是可以預測的，若是熟悉，能夠舉一反三，單字快速擴增。

46 字根 **duct**

▶ 影音教學 46

◆ 解 釋 ◆ 引導、拉、拖拉
◆ 變 體 ◆ duce
◆ 說 明 ◆ 字根 duct 源自印歐詞根 deuk，「引導」（to lead）的意思，古英文則是「拉」（to pull）、「拉」（drag）。

duct 結尾的單字，詞性可能是名詞或動詞，例如：

- **deduct** [dɪ`dʌkt] **v.** 扣除　**解析** 字首 de- ＝ down，表示「往下」。
  （黏接字尾 -ion 形成名詞）**deduction** [dɪ`dʌkʃən]　扣除
  （黏接字尾 -ive 形成形容詞）**deductive** [dɪ`dʌktɪv]　推論的、演繹的

- **conduct** [ˋkɑndʌkt] (名詞) 行為、引導　解析 字重音在第一音節。
  conduct [kənˋdʌkt] (動詞) 領導、指揮　解析 字重音在第二音節。
  (黏接字尾 or，衍生字) **conductor** [kənˋdʌktə] n. 樂團指揮、車長
  (名詞) **semiconductor** [ˌsɛmɪkənˋdʌktə] 半導體　解析 conductor
  黏接字首 semi，表示「「一半」。台灣知名企業台積電 TSMC 是 Taiwan
  Semiconductor Manufacturing Company 的頭字詞。

---

duce 黏接字首大多衍生動詞，但也有名詞，例如：

- **produce** [prəˋdjus] v. 製造、產生　解析 字重音在第二音節，字首 pro- ＝ forward，表示「往前」，**往前引導**就是產生、提出。
  (黏接字尾 er，衍生字) **producer** [prəˋdjusə] n. 生產者、電影製片人
- **produce** [ˋprɑdjus] n. 產品、農產品　解析 字重音在第一音節。
- **production** [prəˋdʌkʃən] n. 製造、生產
- **productive** [prəˋdʌktɪv] adj. 多產的、富饒　解析 其字幹是 produce 或是 product，實在不需探究。

字根 duct 容易辨識，衍生字只要配合黏接的詞素即可推出語意，例如：

- **ventiduct** [ˋvɛntɪˌdʌkt] n. 通風管　解析 vent 表示「風」，與 wind 同源，v、w 字母同源，/t/、/d/ 同發音部位轉音，i 是連結字母。以 wind 聯想 vent，lead 聯想 duct，輕鬆破解 ventiduct 的記憶密碼。
- **oviduct** [ˋovɪˌdʌkt] n. 輸卵管　解析 ov ＝ egg，表示「卵」、「蛋」，也可拼寫為 oo，可說是英文的象形字。

---

duct 的同源單字方面，只要循著音相近、意相連的脈絡，不難找到家族成員，例如：

- **dock** [dɑk] n. 甲板
- **duke** [djuk] n. 公爵
- **duchess** [ˋdʌtʃɪs] n. 公爵夫人
- **tie** [taɪ] v. 綁
- **tow** [to] v. 拖吊
- **tug** [tʌg] v. 用力拉

◆ 解 釋 ◆ 平等、平手

◆ 說 明 ◆ 不可獨立字根 equ 源自拉丁字文 aequi，表示「平等」（equal）、「平手」（even）。

> equ 的 qu 唸 /kw/，滑音 /w/ 不會是音節尾子音，因為必須黏接其他詞素。另一方面，/w/ 的響度僅次於母音，必須黏接母音以形成音節核心音前的響度升幂排列，例如：

- **equanimity** [ˌikwəˈnɪmətɪ] **n.** 平靜 解析 字根 anim = mind，表示「心思」。
- **equanimous** [ɪˈkwænɪməs] **adj.** 鎮定的
- **equate** [ɪˈkwet] **v.** 使平等
  名詞衍生字 **equation** [ɪˈkweʃən] 解析 相等、平衡、方程式
- **equator** [ɪˈkwetɚ] **n.** 赤道
- **equal** [ˈikwəl] **n.** 對手 **v.** 等於 **adj.** 相等的
  名詞衍生字 **equality** [iˈkwɑlətɪ] 解析 平等、相等
- **equivalent** [ɪˈkwɪvələnt] **n.** 相等物 **adj.** 相當的 解析 i 是連結字母，字根 val = worth，表示「價值」。
- **equilibrium** [ˌikwəˈlɪbrɪəm] **n.** 平衡 解析 i 也是連結字母，字根 libr = balance，表示「平衡」，-ium 是名詞字尾。

　　從以上例字，我們可看出 **equ** 都黏接 a 或 i 字母，這對於字根辨識或單字拼寫頗有助益。

equ 黏接字首，構成語意豐富的單字，例如：

- **ad**equate [ˈædəkwɪt]　**adj.** 足夠的、適當的
- **ad**equacy [ˈædəkwəsɪ]　**n.** 足夠、適當　解析 字首 ad- = to，表示「前往」。
- **un**equal [ʌnˈikwəl]　**adj.** 不相等的　**n.** 不相等的事物　解析 un- 是「否定字首」。

---

48 字根　**fact**

▶ 影音教學 48

◆ 解釋 ◆　製造、做

◆ 變體 ◆　fac、fect、fic、fit、feit

◆ 說明 ◆　字根 fact 是「製造」（make）、「做」（do）的意思，拼字變化及衍生字繁多，一些單字的語意與字根不易聯想，需要用心學習才是。儘管如此，我們還是可以由簡入繁，逐步掌握 fact 的構詞堂奧。

拼字變化，首字母 f 是 fact 的辨識字母，而 /æ/、/ɪ/ 則是辨識母音，當然也包括發音部位相近的母音 /ɛ/、/i/，例如：

- **fact** [fækt]　**n.** 事實　解析 英文解釋為 thing known to be true.
- **fact**ory [ˈfæktərɪ]　**n.** 工廠　解析 fact = make，表示「製造」，字尾 -ory 表示「場所」，**製造產品的場所**是工廠。

manufacturer 製造業者，通常是指 a company that produces goods in large numbers，但是 manu = hand，表示「手」，「以手製造」與大廠的產能不符，這是詞素與單字語意不一的例子。

尾字母 t 常消去，fact 與 fac 同源，例如：

- **facile** [ˈfæsl] adj. 靈巧的、容易的
- **faculty** [ˈfækltɪ] n. 才能、全體教職員

母音 /æ/、/ɛ/ 相近，fect 與 fact 同源，例如：

- **effect** [ɪˈfɛkt] v. 影響 n. 效果 解析 字首 ef- 就是 ex- = out，表示「往外」，效果是**做出來**的。
- **infect** [ɪnˈfɛkt] v. 感染 解析 病菌或病毒作用進到體內的意思。
- **affair** [əˈfɛr] n. 事情、戀情 解析 字根 fair 源自古法文 faire，拼寫與 fact、fect 不同。

---

fact 母音改為 /i/ 時，拼寫為 feat，例如：

- **feat** [fit] n. 事業、表演
- **defeat** [dɪˈfit] v. 打敗、失敗 解析 字首 de- = down，表示「往下」。
- **feasible** [ˈfizəbl] adj. 可行的、適合的。

---

fact 的母音若改唸為 /ɪ/，我們就有 fic、fit、feit 等拼寫形式，例如：

- **difficult** [ˈdɪfəˌkəlt] adj. 困難的 解析 字首 dif- 是 dis- = apart，表示「分離」，不能做就是困難的。
- **deficient** [dɪˈfɪʃənt] adj. 有缺點的、不完全的 解析 字首 de- = dis-，表示「分離」。
- **profit** [ˈprɑfɪt] n. 利潤
- **profitable** [ˈprɑfɪtəbl] adj. 有利的、有益的

feit 的衍生字（一） **forfeit** [ˈfɔrˌfɪt] n. 罰金 v. 喪失
解析 字首 for- = outside（外面）、beyond（超過），與 foreign（外國的）同源，**做得太超過**當然要受罰。

feit 的衍生字（二） **surfeit** [ˈsɝfɪt] n. 過度 v. 飲食過度
解析 意思是**吃得太超過**，字首 sur- = super、over，有「在上」、「超過」的意思。

49 字根 **fer**

◆ 解釋 ◆ 攜帶、生產

◆ 說明 ◆ 字根 fer 源字拉丁文 ferre，為「攜帶」（carry）、「生產」（bear children）的意思。

少數是以 ph 對應 /f/ 音，衍生字大多是 fer 拼寫，衍生字多，卻易於辨識，但常黏接詞性相同的字尾綴詞，形成相似的字群，語意就不易辨識了，例如：

- **confer** [kən`fɚ] **v.** 商議、賦予　解析 將想法帶來一起談論。

名詞衍生字 **conference** [`kɑnfərəns]　會議　解析 字尾黏接 -ence。

conferment [kən`fɚmənt]　授與、頒給學位　解析 字尾黏接 ment。

conferral [kən`fɚrəl]　商量、授與　解析 字尾黏接 -al，字重音移至字尾，為維持重音節唸音，重複尾字母 r 再黏接字尾綴詞。

conferee [ˌkɑnfə`ri]　參加會議者　解析 字尾黏接 -ee，表示動作接受者。

- **refer** [rɪ`fɚ] **v.** 使參考、談到　解析 字首 re- = back，表示「返回」。

名詞衍生字 **reference** [`rɛfərəns]　參考、諮詢

referral [rɪ`fɚəl]　參考、推薦　解析 字重音移至字尾，也是為了維持重音節唸音，重複尾字母 r 再黏接字尾綴詞。

referendary [ˌrɛfə`rɛndərɪ]　仲裁者　解析 字重音移至第三音節，尾字母 r 不需重複。

referendum [ˌrɛfə`rɛndəm]　公民投票　解析 尾字母 r 也不需重覆。

(形容詞衍生字) **referable** [`rɛfərəb!] 可交付的、可歸因的

referential [ˌrɛfə`rɛnʃəl] 參考的 解析 未重複尾字母 r，也是因為字重音移至第三音節的關係。

　　從 confer、refer 的字尾黏接，我們可以看到一些構詞音韻規則，如 ee、eer 置於字重音位置，因此字幹重音位置必須改變，這是可預測的；另外，一些字重音在尾音節的單字，黏接字尾綴詞後，若重音位置一致，為維持重音節唸音，字幹尾字母會重複。

字根 fer 的 /f/ 音常對應二合字母 ph，例如：

- **Christopher** [`krɪstəfɚ] n. 解析 男子名，揹負基督的意思，想必這是一名基督徒。

- **amphora** [`æmfərə] n. 雙耳罐 解析 字首 am- 就是 amphi，「在兩邊」（on both sides）的意思，字根 phroa = bearer，表示「攜帶的器皿」，-er 是「物品」。

字根

50 字根 flu

▶ 影音教學 50

◆ 解 釋 ▶ 流動

◆ 變 體 ▶ flux

字根 flu 源自拉丁文 fluere，為「流動」（flow）的意思，辨識特徵是音節首子音 fl 及後母音 /u/、/o/，例如：

- **flush** [flʌʃ] **n.** 臉紅 **v.** 激流
- **fluent** [`fluənt] **adj.** 流暢的 **解析** -ent 是形容詞字尾。
- **fluency** [`fluənsɪ] **n.** 流暢 **解析** -ency 是對應 -ent 的名詞字尾。
- **influence** [`ɪnfluəns] **n.** 影響力 **v.** 影響 **解析** 字首 in- 代表「進入」（into），**流入**便產生影響。
- **influential** [ˌɪnfluˈɛnʃəl] **adj.** 有影響力的 **解析** 字母 t 黏接 ial，硬顎化為 /ʃ/。

　　值得注意的是，flu 是不可獨立字根，生活中常見的 flu（流行性感冒），其實是 influenza [ˌɪnfluˈɛnzə] 刪減前後部分字母的剪裁字。

字根 flu 的另一形式是 flux，獨立字根，為「漲潮、使流出」的意思。

- (黏接字尾 -ion) **fluxion** [`flʌkʃən] **n.** 流動、流出 **解析** 字母 x 的唸音 /ks/ 與 -ion 相鄰，/s/ 硬顎化為 /ʃ/。
- (黏接字首 con-，衍生字) **conflux** [`kɑnflʌks] **n.** 匯流處 **解析** 表示流在一起的地方。
- (黏接字首 in-，衍生字) **influx** [`ɪnflʌks] **n.** 流入、灌輸 **解析** 流入其中的意思。

flow 流動也常黏接字首，形成與字首語意緊密的衍生字，例如：

- **inflow** [ˈɪnˌflo]　**n.** 流入、輸入
- **overflow** [ˌovɚˈflo]　**v.** 溢出、氾濫
- **reflow** [riˈflo]　**v.** 流回

字源考據方面，一些音節首子音為 /fl/ 搭配後母音或中母音的單字，常與 flow 同源，例如：

- **flood** [flʌd]　**n.** 洪水　**v.** 使泛濫
- **float** [flot]　**v.** 漂流　**n.** 浮筒
- **flutter** [ˈflʌtɚ]　**v.** 拍翅、顫動　**解析** 動詞字尾 -er 常表示「連續重複的動作」。

隨著字彙的演進，flu 的同源字也擴及到前母音或雙母音，例如：

- **flee** [fli]　**v.** 逃離
- **fly** [flaɪ]　**v.** 飛行
- **fleet** [flit]　**n.** 艦隊　**v.** 疾飛
- **flight** [flaɪt]　**v.** 飛行　**n.** 航程

　　最後，一些熱衷於英文形音義對應的研究者認為 /fl/ 的唸音順暢，因此 **fl** 為首的單字常有快速的意思。從以上列舉的單字，似乎呼應了這項觀察，我們不妨將其視為強化字根 **flu** 辨識的一扇巧門。

51 字根 grad

▶ 影音教學 51

◆ **解釋** ◆ 階級、等級、年級、成績、分級

◆ **同源詞素** ◆ gress、gree、gred、grade

◆ **說明** ◆ grad 是一個語意一直擴增的字根。一開始，grad 表示「一階的梯子」或「樓梯」，引申為「階級」，譬喻為前往某物的一個步伐、道路或鐵路傾斜程度，甚至品質或價值的「等級」。

隨著學校教育的興起，grad 又表示課程年級或成績。因此，grad 有「階級」、「等級」、「年級」、「成績」，甚至「分級」等意思。單字語意不少，但不難從「一階梯子」這個原始語意推衍。

名詞轉換為動詞，常是詞彙語意擴增的途徑，grad 就是一例。字根 gress 與 grad 同源，意思是「走」（walk），至於走去哪裡，怎麼走，就看搭配怎樣的字首，例如：

- **aggression** [əˋgrɛʃən] **n.** 侵略、進攻 解析 字首 ag- 就是 ad- = to，表示「前往」。
- **congress** [ˋkɑŋgrəs] **n.** 國會、會議 解析 con- 是「一起」（together），一起走去參加會議。
- **progress** [prəˋgrɛs] **v.** 進步 解析 pro- = forward，表示「往前、前進」。
- **regression** [rɪˋgrɛʃən] **n.** 退步、退化 解析 re- = back，表示「返回」。
- **progressive** [prəˋgrɛsɪv] **adj.** 進步的

progress（ **v.** 進步）、regression（ **n.** 退步），英文及中文詞素相互對稱，算是少有的例子。

gree、gred 也與 grad 同源。

- **degree** [dɪˋgri] **n.** 程度、度數、學位　解析 字首 de- = down，表示「往下」。degree 從步伐的階層、溫度的度數單位、巴比倫和埃及的圓周度數到現代的學位、地位，不難看出這詞彙背負了不同時間及空間中所賦予的語意。

- **ingredient** [ɪnˋgridɪənt] **n.** 成份　解析 字首 in- 表示「裡面」，字尾 -ent 表示「物品」，進入成品裡面的物品是成份。

---

52 字根　hab

▶ 影音教學 52

◆ 解 釋 ▶ 有、握、保持、居住
◆ 變 體 ▶ hibit、habit

字根 hab 的拉丁字源有二個，一是 habere，意思是「有」（have）、「握」（hold）、「保持」（keep），二是 habitare，為「居住」（live）的意思。hab 在單字中拼寫為 habit，例如：

- **habit** [ˋhæbɪt] **n.** 習慣
- **habitual** [həˋbɪtʃʊəl] **adj.** 習慣的　解析 -al 是形容詞字尾，u 是連結字母，字母 t 黏接 u 而硬顎化為 /tʃ/。
- **habitat** [ˋhæbə͵tæt] **n.** 棲息地、居留地
- **habitation** [͵hæbəˋteʃən] **n.** 居住
- **habitant** [ˋhæbətənt] **n.** 居民　解析 字尾 -ant 是指「人」。

有趣的是，habit 沒有「居住」的意思，但黏接字首 in-（裡面）時，habit 就轉變成「居住」（live）的意思。

- **inhabit** [ɪn`hæbɪt]　**v.** 居住於
  衍生字　**inhabitation** [ɪn͵hæbə`teʃən]　**n.** 居住
- **inhabitant** [ɪn`hæbətənt]　**n.** 居民

　　以 habitation、inhabitation 及 habitant、inhabitant 等單字而言，黏接字首的衍生字與字幹的語意相同，算是英語構詞上少見的例子。

hibit 是 hab 的變化型，若是對照 habit，hibit 與 habit 的拼寫非常相似，容易聯想記憶或辨識。但是，不同於 habit 的是，hibit 的語意多與「握」（hold）有關，而且構詞上一定黏接字首，例如：

- **exhibit** [ɪg`zɪbɪt]　**n.** 展覽品　**v.** 展示　解析 字首 ex- = out，表示「往外」。
  名詞衍生字　**exhibition** [͵ɛksə`bɪʃən]　博覽會、展示
- **inhibit** [ɪn`hɪbɪt]　**v.** 抑制、禁止　解析 字首 in-，表示「裡面」。
  名詞衍生字　**inhibition** [͵ɪnhɪ`bɪʃən]　抑制、禁止
- **prohibit** [prə`hɪbɪt]　**v.** 禁止　解析 字首 pro- = before，表示「前面」。
  名詞衍生字　**prohibition** [͵proə`bɪʃən]　禁止、禁令

53 字根 | it

▶ 影音教學 53

◆ 解釋 ◆ 去

字根 it 源自拉丁文 ire，「去」（go）的意思，常搭配其他字根或字首，而後黏接字尾，形成詞素較多的單字，例如：

- **visit** [ˋvɪzɪt] **v.** 拜訪　解析 字根 vis = see，表示「看見」。
  （名詞衍生字） **visitor** [ˋvɪzɪtə] 訪客　解析 字尾 -or = person，表示「人」。
- **transit** [ˋtrænsɪt] **n.** 通過　**v.** 過境　解析 字首 trans- = through，表示「穿越」。
  （名詞衍生字） **transition** [trænˋzɪʃən] 過渡、變遷
- **ambit** [ˋæmbɪt] **n.** 周圍、範圍　解析 字首 amb- = ambi-，表示「周圍」，為避免母音相連，省略字首尾字母 i。
  （名詞衍生字） **ambition** [æmˋbɪʃən] 企圖、抱負
  （形容詞衍生字） **ambitious** [æmˋbɪʃəs] 有野心的、渴望的

字根 it 構成拼字較長的單字時，可能不易辨識，應該特別留意，例如：

- **itinerary** [aɪˋtɪnəˏrɛrɪ] **n.** 旅行路線　**adj.** 旅行的
- **initiate** [ɪˋnɪʃɪt] **n.** 入會者　**adj.** 新加入的　解析 字首 in- = into，表示「進入」。
- **initiation** [ɪnɪʃɪˋeʃən] **n.** 創始、發起
- **initial** [ɪˋnɪʃəl] **n.** 姓名的首字母　**adj.** 最初的

字源考據方面，一些不具 it 拼寫的單字卻含字根 it，例如：

- **perish** [ˋpɛrɪʃ] **v.** 毀滅、腐壞　解析 字首 per- = thoroughly，表示「徹底地」，ish 是 it 的變體。
- **issue** [ˋɪʃʊ] **n.** 議題　**v.** 發行　解析 go out 表示「去外面」。

54 字根 **ject**

▶ 影音教學 54

◆ 解 釋 ◆ 投擲

◆ 同 源 詞 素 ◆ jet、jac

字根 ject 源自拉丁文 jacere，表示「投擲」（throw、cast）、「躺」（lie），例如：

- **inject** [ɪn`dʒɛkt] **v.** 注射、加入　解析 字首 in- = into，表示「進入」。

- **project** [prə`dʒɛkt] **v.** 計畫、投影　解析 字首 pro- = forward，表示「向前」。

- **reject** [rɪ`dʒɛkt] **v.** 駁回、拒絕　解析 字首 re- = back，表示「返回」，**投擲回去**表示駁回、拒絕。

單字 jet 與 ject 同源，為「噴射」、「噴射機」的意思。jet 與 ject 拼字相近，語意相關，以簡單字 jet 聯想 ject，必能增進字根的學習效果。jet 可黏接字尾綴詞，形成衍生字，例如：

- **jetty** [`dʒɛtɪ] **n.** 防波堤、登岸碼頭　解析 海邊丟擲而突出的物體或區域。

- **jetton** [`dʒɛtṇ] **n.** 賭博的籌碼　解析 字尾 -on，表示「小」，賭資的籌碼是賭博時**丟擲出來的小東西**。

字根 jac 也與 ject 同源，但衍生字較少，例如：

- **adjacent** [ə`dʒesənt] **adj.** 鄰近的、毗鄰的　解析 字首 ad- = to，表示「朝向」，**丟擲所及之處**就在附近。

- **interjacent** [ˌɪntə`dʒesənt] **adj.** 在中間的　解析 字首 inter- = between，表示「之間」，投擲在中間就是在中間的。

字源考據方面，gist（主旨、要點）與 ject 同源，表示文章中突顯的部分；另外，ease（自在、放鬆）也與 ject 同源，但取的是「平躺」（lie）、「休息」（rest）的意思。

> 值得一提的是，ject 源自印歐詞根 ye，字母 j、y 同源，單字之間語意關聯緊密，例如：

- **young** [jʌŋ]　**adj.** 年輕的
- **junior** [ˋdʒunjə]　**adj.** 年輕的、資淺的　**n.** 較年少者

55 字根　**leg**

▶ 影音教學 55

◆ 解 釋 ▶　收集、聚集、法律
◆ 同源詞素 ▶　lect、lig、log
◆ 說 明 ▶　leg 源自拉丁文 legere，是一個足以顯示拉丁文所蘊含的思辨及基督教內涵的字根，同時也凸顯語言乘載、記錄人類活動及社會背景的功能。

> 首先，印歐詞根 leg = collect，表示「收集」、gather 表示「聚集」，例如：

- **intellect** [ˋɪntlˌɛkt]　**n.** 智力、理解力　解析 字首 intel- = inter- = between，表示「之間」，intellect 是指認知能力的總和。
- **intelligence** [ɪnˋtɛlədʒəns]　**n.** 智能、情報
- **intelligent** [ɪnˋtɛlədʒənt]　**adj.** 有才智的
- **intellectual** [ˌɪntlˋɛktʃuəl]　**n.** 知識份子　**adj.** 智力的

從「聚集」（gather）衍生為「聚集字」（gather words）、「挑出字」（pick out words），向著學生或教會儀式中大聲朗讀經文。

- **lectern** [ˈlɛktɚn] **n.** 教堂讀經台 **解析** 字尾 -ern 是指「場所」，saltern 是「曬鹽場」。
- **lecture** [ˈlɛktʃɚ] **n.** 演講 **v.** 訓誡
- **legend** [ˈlɛdʒənd] **n.** 傳說、被誦讀的文字
- **legible** [ˈlɛdʒəbl̩] **adj.** 易讀的、清楚的

「聚集字」（gather words）、「挑出字」（pick out words）除了「閱讀」（read），還有「說話」（speak）的意思，因此，leg 與 log 等表示「說的」（speak）的字根同源，例如：

- **dialog** [ˈdaɪəˌlɑg] **n.** 對話 **解析** 字首 dia- = across，表示「跨過」，**二人之間說話**就形成對話。
- **apology** [əˈpɑlədʒɪ] **n.** 道歉 **解析** 字首 apo- = away from，表示「分離」，apology 原本是指為了免去責任的辯護，後來表示為免去責難而說的話。

邏輯（logic）指的是「爭辯中抽絲剝繭的推理」，與「說話」有關，因此，leg 與字根 logy 同源，常搭配有關知識的字根，衍生該知識名稱的單字，例如：

- **psychology** [saɪˈkɑlədʒɪ] **n.** 心理學 **解析** psych 是指「靈魂」（soul）、「心智」（mind）。
- **anthropology**（希臘字 ανθρωπολογία）[ˌænθrəˈpɑlədʒɪ] **n.** 人類學 **解析** anthrop = man，表示「人類」。

依照基督教的説法，leg 的 collect、gather 等意涵是指「聚集神所揀選的人」—those chosen by God，引申為 to choose for an office, a position or duty，也就是「選擇」（choose），例如：

- **elect** [ɪˋlɛkt] **v.** 選舉
- **elegant** [ˋɛləgənt] **adj.** 優雅的
- **eligible** [ˋɛlɪdʒəbl] **adj.** 適任的 **n.** 合格者 **解析** 以上單字的字首 e- 都是 ex- = out，表示「往外」，都表示被選拔出來的。
- **select** [səˋlɛkt] **v.** 挑選 **解析** 字首 s- = apart，表示「分離」。
- **diligent** [ˋdɪlədʒnet] **adj.** 勤勉的 **解析** 字首 di- 就是 dis- = apart，表示「分離」，勤勉的原意是**勤於選擇區分**。

字源考據方面，leg 與表示「法律」（law）意思的字根 leg 同源，例如：

- **legal** [ˋligl] **adj.** 合法的、法律的
- **privilege** [ˋprɪvlɪdʒ] **n.** 特權 **v.** 給予特權 **解析** 字首 privi- 是指「個人」（individual），特權是**限於個人的法律**。

以下單字也是 leg 的同源字：

- **college** [ˋkɑlɪdʒ] **n.** 大學
- **lesson** [ˋlɛsn̩] **n.** 課程
- **lexicon** [ˋlɛksɪkən] **n.** 詞彙 **解析** 探討字彙的詞性時，該字彙便成了詞彙。

move ▶ 影音教學 56

◆ 解 釋 ◆ 推開、移動

◆ 同 源 詞 素 ◆ mot、mob、mov

可獨立字根 move 源自拉丁文 movere，印歐詞根是 meue，為「推開」
（push away）、「移動」（move）的意思，衍生字不多，例如：

- **movement** [`muvmənt] **n.** 動作、移動
- **remove** [rɪ`muv] **v.** 移動、移除　解析 字首 re- = away，表示「離開」。
  名詞衍生字 **removal** [rɪ`muvl] 除去、罷免
  解析 字尾 -al 是名詞，易與形容詞混淆。
  形容詞衍生字 **removable** [rɪ`muvəbl] 可移動的、可除去的
- **movie** [`muvɪ] **n.** 電影　解析 movie 是 moving picture 的縮減形式。

mot、mob 與 move 同源，與 move 只有尾字母不同，容易辨識或隨著衍生
字而擴增字彙量，例如：

- **motion** [`moʃən] **n.** 動作、運動
- **emotion** [ɪ`moʃən] **n.** 情緒、情感　解析 字首 e- 是 ex- = out，表示「往
  外」，情緒、感情是**往外移動的知覺**。
  形容詞衍生字 **emotional** [ɪ`moʃənl] 感情的、易受感動的
- **motive** [`motɪv] **n.** 動機 **v.** 引發動機 **adj.** 成為原動力的
- **motivate** [`motə‚vet] **v.** 激發、引發動機　解析 -ate 是動詞字尾。
- **motivation** [‚motə`veʃən] **n.** 刺激、動機

同源字根 mob 是可獨立的單字，意思是「民眾」、「暴民」。

- **mobile** [ˋmobɪl] **adj.** 移動式的、活動的 **解析** -ile 是形容詞字尾，美式英文是「汽車」，與「汽車的」（automobile）同義，字首 auto- = self，表示「自己」。

以下單字都是 move 的同源字：

- **moment** [ˋmomənt] **n.** 瞬間、重要的
- **momentum** [moˋmɛntəm] **n.** 動力、運動量 **解析** momentum 源自拉丁文。

57 字根 **nom**

▶ 影音教學 57

◆ 解 釋 ◆ 名字

◆ 同 源 詞 素 ◆ onym、nomin、noun、nown、name

字根 nom 意思是「名字」（name），源自拉丁文 nomen、nomin，古英文拼寫為 nama、noma，法文則拼寫為 nom，都是母音字母 o、a 轉換。name 是獨立字根，黏接字首或字尾綴詞以形成衍生字，例如：

- **surname** [ˋsɝ͵nem] **n.** 姓氏 **解析** 字首 sur- 就是 super = above，表示「在上面」。
- **namely** [ˋnemlɪ] **adv.** 即、那就是 **解析** -ly 是副詞字尾。
- **nominate** [ˋnamə͵net] **v.** 提名、任命 **解析** 字尾 -ate 是動詞字尾。
- **nomination** [͵naməˋneʃən] **n.** 提名、任命 **解析** -ation 是名詞字尾。
- **nominative** [ˋnamənetɪv] **n.** 主格 **adj.** 主格的、提名的、任命的

- **nominator** [`nɑmə͵netɚ] **n.** 提名者、任命者　解析 字尾 -or 表示「動作產生者」。
- **nominee** [͵nɑmə`ni] **n.** 被提名者、被任命者　解析 字尾 -ee 表示「動作接受者」，字重音位置。
- **nominate** [`nɑmə͵net] **v.** 提名、任命

黏接字首 de- = down，表示「往下」，例如：

- (動詞衍生字) **denominate** [dɪ`nɑmə͵net]　命名、取名
- (名詞衍生字) **denomination** [dɪ͵nɑmə`neʃən]　名稱、取名

-onym 與 nomin 同源，也是「姓名」（name）的意思，衍生字多與名字或文字有關，例如：

- **anonym** [`ænə͵nɪm] **n.** 假名、匿名者
- **synonym** [`sɪnə͵nɪm] **n.** 同義字　解析 字首 syn- 可以與 same（相同）聯想巧記。

-onym 黏接母音結尾的字首時，為避免母音相連，常省略首尾母音字母，例如：

- **acronym** [`ækrənɪm] **n.** 頭字詞　解析 字首是 acro- = extreme，表示「前端的」。
- **antonym** [`æntə͵nɪm] **n.** 反義字　解析 字首是 anti- = against，表示「反對」。
- **autonym** [`ɔtənɪm] **n.** 真名　解析 字首 auto- = self，表示「自己」。
- **homonym** [`hɑmə͵nɪm] **n.** 同音異義字　解析 homo- = same，表示「相同的」，母音通轉，字母 h、s 對稱。
- **hypernym** [`haɪpənɪm] **n.** 上層字　解析 字首 hyper- = super，表示「在上面」，字母 h、s 對應。

- **hyponym** [ˋhaɪpənɪm] **n.** 下層字　解析 字首 hypo- = under，表示「在下面」，為 hyper 的反義詞。若以 color 當上層字，red、blue、pink 等便是下層字。

字源考據方面，名詞 noun 與 nown 同源：

- 衍生字 **pronoun** [ˋpronaʊn] **n.** 代名詞
- **renown** [rɪˋnaʊn] **n.** 名望　解析 字根 nown 也與 nomin 同源，字首 re- = again，表示「再一次」。

58 字根 ordin

▶ 影音教學 58

◆ 解　釋 ▶ 命令、安排、秩序、順序
◆ 同源詞素 ▶ order
◆ 說　明 ▶ 字根 ordin 源自拉丁文 order、ordinare，意思是「命令」（order）、「安排」（arrange）。

ordin 與 order 同源，拼字明確，易於辨識。

- **order** [ˋɔrdɚ] **n.** 命令、規則、順序、訂貨單　**v.** 點菜　解析 order 是可獨立字根。
- **orderly** [ˋɔrdɚlɪ] 解析 order 黏接字尾 -ly，衍生形容詞、名詞等詞性，意思是「有秩序的」、「勤務兵」。
  衍生字 **disorder** [dɪsˋɔrdɚ] **n.** 混亂、無秩序、疾病　**v.** 使混亂
  解析 order 黏接 dis- = away，表示「分離」。

ordin 是不可獨立字根，必須黏接字首、字尾，例如：

- **ordinal** [`ɔrdɪnl] **n.** 序數 **adj.** 順序的
- **ordinate** [`ɔrdṇˌet] **n.** （指數學上的）縱座標
  (名詞衍生字) **ordination** [ˌɔrdṇ`eʃən] 排列、整頓

ordin 黏接字首 co- 衍生成以下這些單字：

- **coordinate** [ko`ɔrdṇɪt] **n.** 同等的 **adj.** 同等的人或物
- **coordination** [koˌɔrdṇ`eʃən] **n.** 協調、同等
- **coordinative** [ko`ɔrdṇˌetɪv] **adj.** 協調的、同等的
- **coordinator** [ko`ɔrdṇˌetɚ] **n.** 協調者、同等的人或物
- **subordinate** [sə`bɔrdṇɪt] **n.** 屬下 **adj.** 使服從、附屬的、次要的
  (解析) ordinate（縱座標）黏接字首 sub- 表示「在秩序之下」；subordinate clause 就是文法上的「從屬子句」。
- **ordinary** [`ɔrdṇˌɛrɪ] **adj.** 一般的、正常的 (解析) 為 ordin 黏接形容詞 -ary 衍生詞，表示秩序範圍內的狀況。
  (副詞) **ordinarily** [`ɔrdṇˌɛrɪlɪ] 通常地
- **extraordinary** [ɪk`strɔrdṇˌɛrɪ] **adj.** 非常的、特別的 (解析) 為 ordinary 黏接 extra- ＝ beyond，表示「超越的」。

59 字根 **part**

▶ 影音教學 59

◆ 解 釋 ◆ 部分、使分開、部分的

◆ 同源詞素 ◆ port

◆ 說 明 ◆ 字根分為可獨立與不可獨立字根，可獨立字根就是單字，不須黏接字首或字尾即是完整，不可獨立字根是古代字彙的遺跡，必須黏接字首或字尾才是完整的單字。不可獨立字根雖有語意，但不易辨識，例如 spec，表示「看」（see），黏接字首 ex- 而形成單字「期待」（expect），往外看就是期待、預期的意思；黏接字尾 -fy 而形成「指定」（specify），-fy 與 fact 同源，為「製造」（make）的意思。學習字根應從可獨立字根入門，藉由歸納，逐漸熟悉不可獨立字根。

part 是可獨立字根，也就是單字，具有實詞的所有詞性。

- 名詞 是「部分」、「角色」的意思。
- 動詞 是「使分開」的意思。
- 形容詞 表示「部分的」。
- 副詞 表示「部分地」（partly）。例如：The exam is part written and part spoken. 這次一部分是筆試，一部分是口試。

字彙衍生方面，part 可黏接單字，形成複合字，例如：

- **part**ake [pɑr`tek] **v.** 分擔、參與

也可黏接不可獨立字根，同時伴隨字尾，例如：

- **part icipate** [pɑr`tɪsəˌpet] **v.** 參與、分享　**解析** cip 表示「拿」（take），字尾 -ate 表示動詞字尾。
- **part icipant** [pɑr`tɪsəpənt] **n.** 參與者　**adj.** 參與的　**解析** 字尾 -ant 可以指「人」或「狀態」。

構詞音韻方面，part 黏接字尾時常插入連結字母 i，例如：

- **part icle** [`pɑrtɪkl̩] **n.** 分子　**解析** -cle 表示「小」。
- **part iculate** [pə`tɪkjəˌlet] **adj.** 微粒狀的
- **part ial** [`pɑrʃəl] **adj.** 一部分的　**解析** 字母 t 的唸音硬顎化為 /ʃ/。

port 與 part 同源，也是「部分」的意思，但必須黏接字首或字尾，例如：

- **pro port ion** [prə`porʃən] **n.** 比例、部分　**v.** 使成比例
- **pro port ional** [prə`porʃənl̩] **adj.** 成比例的
- **dis pro port ion** [ˌdɪsprə`porʃən] **n.** 不相稱的　**v.** 使不相稱

　　從 part 的衍生字來看，不難發現一個單字構成的字首、字根、字尾數可能不只一個。當然，這些衍生字的擴增乃因應溝通的需求而產生。

60 字根 **ped**

▶ 影音教學 60

◆ 解 釋 ◆ 腳

◆ 同 源 詞 素 ◆ pod、pus、pede

◆ 說 明 ◆ 不可獨立字根 ped 的意思是「腳」（foot），蘊含格林法則及構詞音韻元素，堪稱探索英語字彙構成的活化石。

先談同源轉音。ped 與 pod、pus 同源，母音通轉，不影響語意及辨識，d、s 都是齒槽音，發音部位相同，轉音。

• **pedestrian** [pəˋdɛstrɪən] **n.** 行人

pedestrian 容易與 passenger（旅客）混淆，但若是從字根 ped 與 pass 的差別來看，二字便可輕易辨識。

• **centipede** [ˋsɛntəˌpid] **n.** 蜈蚣 解析 又稱百足蟲，字根 cent 是「百」的意思，i 是連結字母。

• **podium** [ˋpodɪəm] **n.** 放講稿的講臺 解析 字尾 -um 表示「場所」，**站的地方**就是講台。

• **aquarium** [əˋkwɛrɪəm] **n.** 水族館 解析 字尾 -um 表示「場所」，aqua- = water，表示「水」。

提到字根 pus，不禁讓人想到二水中生物，一是八隻腳的章魚（octopus），一是扁足的鴨嘴獸（platypus）。

• **octopus** [ˋɑktəpəs] **n.** 章魚 解析 字根 octo 是「8」的意思，至於 October 10 月為何與 8 有關，因為古羅馬曆法原本一年只有 10 個月，後來增加 July、August 二個月，於是 October 變成「10 月」，December 變成「12 月」，而 December 的字根 dec 表示數字「10」。

- **platypus** [ˋplætəpəs]　**n.** 鴨嘴獸　**解析** 關於鴨嘴獸的命名，英文是取「扁的腳」，plat 與 flat（扁的）同源，/p/、/f/ 轉音，而中文是取嘴型像鴨子。

ped 的意思是「腳」（foot），事實上，ped 與 foot 也是同源，它們的音節首子音與音節尾子音分別轉音，母音通轉。

以 foot 而言，foot 與 fetch（去、拿）同源，又與 fetter（腳鐐）的字根 fet 同源，而 fetter 為了維持字根封閉音節的唸音，fet 重複字尾 t 再黏接表示工具的字尾 -er。foot、fetch、fetter 等字都具轉音特徵。

字根 ped 與單字 foot 同源，又各自轉音衍生，單字與字根雙向擴增，若以心智圖繪製，必是精彩圖騰，印烙腦海，大大受益。

---

61 字根　**quest**　▶ 影音教學 61

◆ 解 釋 ◆ 尋求、獲得、詢問

◆ 同源詞素 ◆ quire、quer、quisit、quir

◆ 說 明 ◆ 字根 quest 源自拉丁文 questa，原意是尋找某物（a search of something），尤其是獵犬尋獵遊戲或尋求司法意見，而現在主要的意思是「尋求」（seek）、「獲得」（gain）、「詢問」（ask）。

單字 quest 表示「探詢、搜尋」，黏接字尾的衍生字都與 ask 有關，例如：

- **question** [ˋkwɛstʃən]　**n.** 問題　**v.** 詢問
- **questionable** [ˋkwɛstʃənəbl]　**adj.** 可疑的、引起爭論的
- **questionnaire** [ˌkwɛstʃənˋɛr]　**n.** 問卷調查

黏接字首的衍生字則語意多有變化，例如：

- **request** [rɪ`kwɛst] **n.** 請求 **v.** 要求 解析 re- = again，表示「再一次」，quest 的意思是「詢問」（ask）。
- **inquest** [`ɪn͵kwɛst] **n.** 審訊 解析 quest 的意思是「尋找」（seek）。
- **conquest** [`kɑŋkwɛst] **n.** 征服、戰利品 解析 con- = wholly，表示「完全地」，quest 表示「獲得」（gain）。
  - 動詞 **conquer** [͵kɑŋkə] 征服、得勝
  - 名詞 **conqueror** [`kɑŋkərə] 征服者、勝利者

quer 與 quest 同源，但衍生字較少，例如：

- **query** [`kwɪrɪ] **v.** 詢問 **n.** 疑問

字根 quir 與 quer 同源，源自拉丁字 quaerere，意思是「尋找」（seek）、「獲得」（obtain），必須黏接字首，例如：

- **acquire** [ə`kwaɪr] **v.** 獲得、習得 解析 ac- 就是 ad- = to，表示「前往」。
- **inquire** [ɪn`kwaɪr] **v.** 詢問、調查
  解析 英文解釋為 make a formal investigation，常見於美式英語。
  - 名詞 **inquiry** [ɪn`kwaɪrɪ] 詢問
- **enquire** [ɪn`kwaɪr] **v.** 詢問 解析 英文解釋為 to ask for information，常見於英式英語。
  - 名詞 **enquiry** [ɪn`kwaɪrɪ] 詢問、打聽

　　inquire、enquire 都源自法文 enquerre，字源是拉丁文 inquirere，兩字的名詞分別拼寫為 inquiry 和 enquiry。

拉丁字 quaerere 黏接字首時，ae 縮減為 i 而拼寫為 quirere，quisit 視為 quer、quir 的同源字根，例如：

- **exquisite** [ˋɛkskwɪzɪt] **adj.** 精美的、高尚的
- **acquisition** [͵ækwəˋzɪʃən] **n.** 習得
- **acquisitive** [əˋkwɪzətɪv] **adj.** 想獲得的
- **inquisition** [͵ɪnkwəˋzɪʃən] **n.** 調查
- **inquisitive** [ɪnˋkwɪzətɪv] **adj.** 好問的、好奇的

62 字根　　rect

▶ 影音教學 62

◆ 解 釋 ▶ 正確的、直的
◆ 同 源 詞 素 ▶ reg、dress
◆ 說 明 ▶ 字根 rect 源自拉丁文 rectus，意思是「正確的」（right）、「直的」（straight），是一個背負字彙演變歷史及眾多同源衍生字的字根。

rect 的拼字明確，容易辨識，例如：

- **rectum** [ˋrɛktəm] **n.** 直腸　**解析** 英文解釋為 straight intestine。
- **rectal** [ˋrɛktl] **adj.** 直腸的
- **erect** [ɪˋrɛkt] **adj.** 豎立、直立的　**解析** 字首 e- 就是 ex-，意思是「往外」（out）、「往上」（up），黏接有聲子音 /r/，為避免 ex- 的 /ks/ 與有聲子音相鄰，因此省略 /ks/ 而縮減為字母 e。
- **escort** [ˋɛskɔrt] **n.** 護衛　**解析** 字首 es- 也是 ex-，而 cort 是 correct 的縮減，護衛就是直接往外送達目的地。
- **correct** [kəˋrɛkt] **v.** 校正　**adj.** 正確的　**解析** 字首 cor- 就是 con-，字根首 /r/ 後位同化（regressive assimilation）的結果。
- **incorrect** [͵ɪnkəˋrɛkt] **adj.** 不正確的　**解析** in- 是「否定」字首，黏接 cor- 時，因為 c 唸 /k/ 音，軟顎音的性質後位同化 /n/ 而唸為 /ŋ/。

dress 與 rect 同源，使成為「直的」（make straight），譬喻為「指導」、「引導」，衍生字 address，字首 ad- = to，表示「前往」，有「演說」的意思：演說者具有指正聽者行為的力量；address 也表示「地址」，意思是將信件引導至目的地的文字。

　　至於 dress 為何有服裝的意思，那是因為 dress 原指軍隊排列的隊伍，而服裝是軍隊的表徵，後來便引申為穿著衣服或衣服。

　　字根 reg 與 rect 同源，源自拉丁文 rex，表示「國王」（king）的意思，印歐詞根是「直線移動」（move in a straight line）的意思，引申為「直線上引導」（direct in a straight line），後來譬喻為「領導」（lead）、「統治」（rule）。因此，reg 衍生字的語意都與 king、rule 有關，例如：

- **realm** [rɛlm]　**n.** 領域　　解析 與表示「真實的」、「現實的」real 不同源。
- **region** [ˋridʒən]　**n.** 區域、領域　　解析 源自統治的地區。
- **regulate** [ˋrɛgjəˌlet]　**v.** 管理、規定
- **regulation** [ˌrɛgjəˋleʃən]　**v.** 規定、條例、標準
- **regular** [ˋrɛgjələ]　**n.** 老顧客　**adj.** 正常的、定期的

　（反義字）　**irregular** [ɪˋrɛgjələ]　**adj.** 不規則的、不合規定的

reg 也常見一些拼字變化，例如：

- **rigid** [ˋrɪdʒɪd]　**adj.** 嚴格的、僵硬的　　解析 rig、reg 母音通轉。
- **royal** [ˋrɔɪəl]　**adj.** 王室的、莊嚴的

　（衍生字）　**royalty** [ˋrɔɪəltɪ]　**n.** 王室　　解析 除了「王室」之外，還有「版稅」的意思，可能意指版稅是出版社主宰、統御的金錢。

同源字考據方面，以下這些字與 reg 同列字源族譜。

- **arrogate** [ˋærəˌget]　**v.** 冒稱、指責　　　• **reckless** [ˋrɛklɪs]　**adj.** 魯莽的
- **reign** [ren]　**v.** 統治

63 字根 sta

▶ 影音教學 63

◆ 解 釋 ◆ 站立

◆ 同 源 詞 素 ◆ stat、sist、stitute、stit、stand

字根 sta 源自印歐語系的 sta-，為「站立」（stand）的意思，現代英語中，衍生語意有固定、靜止、持續，站立的地方、時間或狀態等，例如：

- **stable** [ˋsteb!] **v.** 穩定的
- **static** [ˋstætɪk] **adj.** 靜止的
- **stage** [stedʒ] **n.** 舞台、階段
- **station** [ˋsteʃən] **n.** 位置、車站
- **statue** [ˋstætʃʊ] **n.** 雕像
- **stature** [ˋstætʃə] **n.** 身材
- **status** [ˋstetəs] **n.** 身份

sta 的衍生字繁多，語意又重要，不僅生活常用，考試更是常見，以台灣地區的大考來說，sta 的衍生字是詞彙題目出題率最高的單字，可見其學習的必要性。

那麼，有什麼學習的技巧呢？我們都知道，詞素的語意取決於子音字母，母音僅是拼音功能，可以通轉。因此，只要認得字根首字母，即能辨識字根，畢竟首字母相同的字根不多，例如：spect（看）的拼字變化多，但只要認得首字母 sp，便可臆測是 spect。

sta 的同源字根 stit、stitute 首字母都是 st，以簡單又熟悉的單字 stand 聯想，輕鬆掌握高頻字根 sta，例如：

- **superstition** [ˌsupəˋstɪʃən] **n.** 迷信　解析 stit 黏接字首 super，表示「在上面」，站立於傳言上面就是迷信。
- **constitute** [ˋkɑnstəˌtjut] **v.** 組成　解析 站在一起，stitute 黏接字首 con-。

構詞音韻方面，sta 黏接字首 ex- 時，為避免二個 /s/ 音相鄰而無法發音，而是會有二種拼字變化：一是省略 x 字母 /ks/ 的 /s/ 音，保留 /k/ 音，因此 ex 拼寫為 ec，例如：

- **ecstasy** [ˋɛkstəsɪ] **n.** 狂喜 **解析** 站立於理智之外。

另一是省略字根首字母 /s/ 的音，也就是字母 s 省略，例如：

- **extant** [ɪkˋstænt] **adj.** 現存的 **解析** 直到現在還站著。

狂喜（**ecstasy**）、現存的（**extant**），詞素的意思都是「站在外面」，但單字的語意不同，英語的任性可見一斑。

另一字根 sist 也是 stand 的意思，與 sta 同源，例如：

- **consist** [kənˋsɪst] **v.** 組成 **解析** sist 黏接字首 con- = together，表示「一起」，站在一起就是組成。
- **exist** [ɪgˋzɪst] **v.** 存在 **解析** ist = sist，黏接字首 ex- = out，表示「往外」，能夠站出來就表示存在。

sed

▶ 影音教學 64

◆ 解 釋 ▶ 坐

◆ 同 源 詞 素 ▶ sit、sid、sess、set

字根 sed 源自拉丁文 sedere，為「坐」（sit）的意思，sed 與 sit 同源，例如：

- **sed**an [sɪ`dæn] **n.** 轎車
- **sed**ative [`sɛdətɪv] **n.** 鎮定劑、鎮定的 **adj.** 使安靜的

sid 又是 sed 同源，例如：

- **pres**i**d**ent [`prɛzədənt] **n.** 總統、總裁、校長 解析 字首 pre- = before，表示「前面」，**坐在前面的人**譬喻為總統、總裁、校長等職位的人。
- **res**i**d**ent [`rɛzədənt] **n.** 居民 **adj.** 定居的 解析 字首 re- = back，表示「返回」，**返回坐下的人**譬喻為 resident。

  從 president、resident 二字不難發現，詞素主導字義，字首又是辨識字義的線索。

sess 也與 sed 同源，/s/、/d/ 轉音，例如：

- **as**se**ss** [ə`sɛs] **v.** 評估、評定 解析 字首 as- = to，表示「前往」，去坐下來好好評定一番為評估。
- **pos**se**ss** [pə`zɛs] **v.** 擁有 解析 pos = able，表示「能夠」，能夠坐下就是擁有。

字源考據方面，表示「使坐落」、「安裝」的 set 與字根 sed 同源：

- **settle** [ˋsɛtl]　**v.** 使定居、安頓
- **settee** [sɛˋti]　**n.** 小沙發　**解析** 也是 sit 的同源字。

一些單字與 sit 為同源字：

- **nest** [nɛst]　**n.** 窩巢
- **siege** [sidʒ]　**v.** **n.** 圍攻
- **exile** [ˋɛksaɪl]　**n.** 放逐　**解析** 表示「使坐於外面」，字根是 sit。
- **seat** [sit]　**n.** 座位　**v.** 使就座　**解析** 與 sit 同源，母音通轉。
- **chair** [tʃɛr]　**n.** 椅子　**解析** 與 sit 同源，只是拼字大不同。
- **size** [saɪz]　**n.** 尺寸
- **soil** [sɔɪl]　**n.** 土壤

　　至於 sit 的過去式、過去分詞 sat 是否是同源轉音？這是歷史語言學的另一議題，尚待大家深入探究。

　　看過以上 sit 的同源字或字根之後，不難發現 sit 的辨識字母是 si 或 se，如同 stand 的字根辨識字母是 sta 一樣，在繁多的拼字變化中，總有破解密碼能夠以簡馭繁，成功學習。

◆ 解 釋 ◆ 握住、向外伸展

◆ 同源詞素 ◆ stin、tain、tent、tend、tens

ten 源自拉丁文 tenere，意思是「握住」（hold），同源字與衍生字眾多，例如：

- **tenant** [`tɛnənt] **n.** 房客、佃農 解析 握有房屋、土地的人。
- **tenancy** [`tɛnənsɪ] **n.** 租賃、租賃期間 解析 -ancy 是名詞字尾。

字根 tin 與 ten 同源，母音通轉，例如：

- **continent** [`kɑntənənt] **n.** 大陸、洲 解析 廣大土地的地方。
- **continue** [kən`tɪnjʊ] **v.** 繼續 解析 意思是繼續握住。
  - 形容詞衍生字 **continuous** [kən`tɪnjʊəs] 表示不間斷地連續，時間或空間方面皆可。
- **continual** [kən`tɪnjʊəl] **adj.** 間斷地經常發生
  解析 英文解釋為 happening frequently with intervals between。

tain 與 ten 同源，tain 的母音對應二合字母 ai，字重音位置。tain 黏接字尾而字重音前移時，tain 便改為 ten，輕音節，例如：

- **maintain** [men`ten] **v.** 維持、保養 解析 main 是字根 manus = hand，表示「手」，用手握住就是維持、保養。maintain 是雙音節動詞，字重音在第二音節。
  - 黏接名詞字尾形成 **maintenance** [`mentənəns] 維持、保養 解析 字重音前移，tain 縮減為 ten。

從學習的角度來看，單字的詞類及拼字都可視為判斷字重音位置的參考。

- **content** [ˋkɑntɛnt]　**n.** 內容
- **content** [kənˋtɛnt]　**adj.** 滿足的　**v.** 使滿足

  解析 字根 tent = hold，表示「握著」。tent 的語意從「握著」（hold）延伸為：

  延伸一 **hold forth**　往前握住

  延伸二 **stretch out**　往外伸展，例如：

  - **tent** [tɛnt]　**n.** 帳篷、展開的物品
  - **intent** [ɪnˋtɛnt]　**n.** 意圖、專注的　解析 字首 in- = toward，表示「朝向」，意念有方向地伸展。

tend 也是 tent 的同源字根，/d/、/t/ 轉音，源自拉丁文 tendere，例如：

- **tend** [tɛnd]　**v.** 易於、照料
- **attend** [əˋtɛnd]　**v.** 出席、照料　解析 字首 at- = to，表示「朝向」，tend、attend 兩字都有「往某一方伸展」的意思。

tens 又與 tend 同源，/s/、/d/ 轉音，例如：

- **tense** [tɛns]　**adj.** 緊張的
- **tension** [ˋtɛnʃən]　**n.** 緊張、壓力　**v.** 使緊張

字源考據方面，一些單字與字根 ten、tin、tain 同源，拼字雖有差異，但語意相關，例如：

- **rein** [ren]　**n.** 韁繩　**v.** 牽制
- **temple** [ˋtɛmpl]　**n.** 廟宇、聖殿
- **tennis** [ˋtɛnɪs]　**n.** 網球
- **tone** [ton]　**n.** 聲調
- **thin** [θɪn]　**adj.** 瘦的　**v.** 變瘦

66 字根 **tract** ▶影音教學 66

◆ 解 釋 ◆ 時間追溯、拖拉、繪畫……動作

◆ 同源詞素 ◆ treat、drag

◆ 說 明 ◆ tract 是一個語意及拼字變化多樣的字根，語意「時間追溯、拖拉、繪畫」等動作，音節首子音都是 tr，但韻腳拼字多樣。

熱衷單字巧記的人認為 tr- 為首的單字多與腳部動作有關，例如：

- **trap** [træp]　**v.** 設陷阱　**n.** 陷阱
- **trip** [trɪp]　**n.** 旅行
- **travel** [`trævl]　**n.** **v.** 旅行
- **traffic** [`træfɪk]　**n.** 交通
- **tract** [trækt]　**n.** 區域
- **track** [træk]　**n.** 足跡、軌道、路線　**v.** 追蹤
- **trace** [tres]　**n.** 足跡、描繪　**v.** 回溯
- **trail** [trel]　**v.** 蹤跡、小徑、追蹤、拖拉
- **train** [tren]　**n.** 火車　**v.** 訓練　解析 火車與軌道及拖拉有關，而訓練的語意應該取自**將潛力拖拉出來**。
- **trait** [tret]　**n.** 特性、特點　解析 語意取自拖拉而描繪出來的線條
- **portray** [por`tre]　**v.** 描繪
- **portrait** [`portret]　**n.** 描寫、肖像　解析 字首 por- = forward，表示「往前」，字根 tray、trait 都是「畫」（draw）的意思。

treat 與 tract 同源，有「款待」、「對待」、「治療」的意思。

- （名詞衍生字）**treatment** [`tritmənt]　治療、處理
- （名詞衍生字）**treaty** [`tritɪ]　條約、條判

tract 黏接字首或字尾綴詞時，意思都是「拖拉」（drag），兩字同源，tract 與 drag 的 /t/、/d/ 與 /k/、/g/ 分別對應轉音。

- **tractor** [ˋtræktɚ] **n.** 曳引機　**解析** 拖拉的車輛。
- **dragger** [ˋdrægɚ] **n.** 拖網捕魚的小漁船
- **drawer** [ˋdrɔɚ] **n.** 抽屜　**解析** 也是和拖拉有關的物品。
- **contract** [ˋkɑntrækt] **n.** 合約　**解析** 共同拖拉責任義務的文件。
- **contractor** [ˋkɑntræktɚ] **n.** 承包商　**解析** 簽訂合約的一方。

　　contract [kənˋtrækt] 也當動詞，意思是「收縮」、「全部拖拉過來」的動作，這時 contractor 是指「收縮肌」。值得一提的是，雙音節名詞字重音多在第一音節，動詞則多在第二音節，因此，contract 是「合約」，contract 是「收縮」。

67 字根　**spect**　▶ 影音教學 67

◆ 解釋 ◆ 看

◆ 同源詞素 ◆ spec、spic、spite、spise

字根 spect 源自拉丁文 specere，表示「看」（see、look、watch）的相關動作，例如：

- **inspect** [ɪnˋspɛkt] **v.** 檢查、審查　**解析** 字首 in- = into，表示「進入」。
- **prospect** [ˋprɑspɛkt] **n.** 指望 [prəˋspɛkt] **v.** 期望
  解析 字首 pro- = forward，表示「向前」。
- **respect** [rɪˋspɛkt] **n.** 尊敬 **v.** 重視　**解析** 字首 re- = again，表示「再一次」。

- **expect** [ɪk`spɛkt]　**v.** 期待、預期

解析 為避免字首 ex- 的子音 /ks/ 與字根首 /s/ 相鄰，因此省略字根首 /s/ 的音，而使 spect 縮減為 pect。

---

spec 是常見的 spect 拼寫形式，例如：

- **species** [`spiʃiz]　**n.** 種類　**解析** 看起來一樣的群體
- **special** [`spɛʃəl]　**adj.** 特別的　• **specimen** [`spɛsəmən]　**n.** 標本、樣品

除了 spec，spic 也是常見，例如：

- **spice** [spaɪs]　**n.** 香料、風味
- **auspice** [`ɔspɪs]　**n.** 前兆、吉兆　**解析** au 就是 avi = bird，表示「鳥」，以鳥卜卦以窺徵兆，u、v 字母同源互換。

源自希臘字的 scop 與 spect 同源，「看」（look）的意思，例如：

- **scope** [skop]　**n.** 視野、範圍
- **telescope** [`tɛlə‚skop]　**n.** 望遠鏡　**解析** 字首 tele- = far，表示「遠方的」。
- **horoscope** [`hɔrə‚skop]　**n.** 占星術　**解析** horo 表示「小時」（hour）。
- **despise** [dɪ`spaɪz]　**v.** 輕蔑；**despite** [dɪ`spaɪt]　**n.** 輕蔑、侮辱　**解析** 字首 de- 都是 down，表示「往下」，字根都與 spect 同源，二字都顯示詞素與單字的語意關聯密切。

　　字源考據來說，「間諜」、「偵查」（spy）與 spect 同源，skeptic（懷疑者、懷疑的）也與 spect 同源，原指古希臘某一懷疑真實知識可能性的學派成員，後來衍伸為「看」（view）。另外，bishop（主教、大祭司），屬靈的守望者、監督者，與觀察（observe）的動作有關。

　　spect 的同源字首拼寫雖令人「看」得眼花撩亂，但是，只要認得 sp 音節首字母便不難聯想到 spect 了。

68 字根 **us** ▶ 影音教學 68

◆ 解釋 ◆ 使用、利用
◆ 同源詞素 ◆ ut

字根 us 源自拉丁文 usus，為「使用」、「利用」（use）的意思。

- **動詞** **use** [juz] 解析 字尾子音唸 /z/，有聲音。
- **名詞** 名詞 **use** [jus] 解析 字尾子音唸無聲音 /s/。
- **in use** [jus] 使用中 解析 同源動詞、名詞字尾子音有聲、無聲的對稱關係稱為 consonantal mutation（子音轉變）。

/z/、/s/，/v/、/f/ 也是子音轉變對應，例如：

- **believe** [bɪ`liv] **v.** 相信
- **belief** [bɪ`lif] **n.** 信念
- **relieve** [rɪ`liv] **v.** 救援
- **relief** [rɪ`lif] **n.** 緩解

子音轉變也發生在同源衍生字上，例如：

- **abuse** [ə`bjus] **n.** 虐待、濫用 解析 字首 ab- = away from，表示「分離」。
- **disuse** [dɪs`juz] **v.** 廢棄 解析 字首 dis- = not，表示「不」。
- **misuse** [mɪs`juz] **v.** 誤用、濫用、虐用 解析 字首 mis- = wrongly，表示「錯誤地」。

子音轉變也可作為字根詞性的判斷依據，例如：

- **useful** [ˈjusfəl] **adj.** 有用的
- **useless** [ˈjuslɪs] **adj.** 無用的、無效的 **解析** 字根 use 是名詞。
- **used** [juzd] **adj.** 用過的
- **disused** [dɪsˈjuzd] **adj.** 廢棄的 **解析** 過去分詞是動詞的衍生字。

ut 與 us 同源，/t/、/s/ 發音部位相同而轉音，衍生字的語意多與「利用」
（make use of）有關，例如：

- **utile** [ˈjutɪl] **adj.** 有用的、實用的
  黏接否定字首 in- 衍生反義字 **inutile** [ɪnˈjutɪl] **adj.** 無用的、無益的
- **utility** [juˈtɪlətɪ] **n.** 有用、效用 **解析** -ity 是名詞字尾
- **utilize** [ˈjutḷˌaɪz] **v.** 利用 **解析** -ize 是動詞字尾
  名詞衍生字 **utilization** [ˌjutḷəˈzeʃən] 利用

---

69 字根   **val**   ▶ 影音教學 69

◆ 解 釋 ◆ 強壯的、有價值的
◆ 同 源 詞 素 ◆ vail

字根 val 源自拉丁文 valere，印歐詞根是 wal，w、v 字母變換，意思是
「強壯的」（strong）、「有價值的」（of value），例如：

- **value** [ˈvælju] **v.** 估價 **n.** 價值
- **valuate** [ˈvæljʊˌet] **v.** 估價 **解析** -ate 是動詞字尾
- **devaluate** [diˈvæljʊˌet] **v.** 貶值 **解析** 字首 de- = down，表示「往下」，
  價值往下是貶值。

名詞衍生字　**devaluation** [ˌdivæljʊˈeʃən]　貶值

解析 de- 的字幹 valuation，表示「估價」、「評價」。

- **undervaluation** [ˈʌndəˌvæljʊˈeʃən]　**n.** 低估、輕視　解析 字首 under，表示「在下面」。

- **valuable** [ˈvæljʊəbl]　**adj.** 有價值的　解析 valuables 是名詞性質，表示珠寶、貴重物品。

- **invaluable** [ɪnˈvæljəbl]　**adj.** 無價的、非常貴重的　解析 in- 是「否定」字首，但不是 valuable 的反義字。

---

val 另一拼寫為 vail，彼此同源，母音通轉，但 vail 必須黏接字首，例如：

69

字根

- **avail** [əˈvel]　**n.** 效用　**v.** 有效　解析 字首 a- 就是 ad- = to，表示「前往」。

- **available** [əˈveləbl]　**adj.** 有效力的、可利用的

---

vail、val 常隨著字重音移動而替換，例如：

- **prevail** [prɪˈvel]　**v.** 流行、佔優勢　解析 字重音在 vail。

名詞衍生字　**prevalence** [ˈprɛvələns]　流行、普遍

形容詞對應字　**prevalent** [ˈprɛvələnt]　流行的、普遍的　解析 字重音都移至第一音節 pre-，vail 字母縮減，母音弱化成為輕音節 val。

　　字源考據方面，Valerie、Walter、Vladimir 等人名都是 val 的同源字，為「價值」（worth）的意涵，另外，「行使」、「使用」（wield）也與 val 同源。

70 字根 vid

◆ 解釋 ◆ 看見、注視

◆ 同源詞素 ◆ vis、view、vey、vise、vide

字根 vid 源自拉丁文 videre，為「看見」（see）、「注視」（look）的意思，例如：

- **video** [ˋvɪdɪ͵o] **n.** 錄影、錄影帶
- **provide** [prəˋvaɪd] **v.** 提供 解析 字首 pro- = before，表示「前面」，提供某物就是讓人 look ahead（往前看到）的物品。

vis 是 vid 的轉音同源字，例如：

- **visit** [ˋvɪzɪt] **v.** 拜訪 解析 英文解釋為 go to see，字根 it = go，表示「去」。
- **advise** [ədˋvaɪz] **v.** 通知、勸告 解析 字首 ad- = to，表示「前往」。
- **advice** [ədˋvaɪs] **n.** 勸告

從 advise、advice 二字，我們看到動詞與名詞若是同源，動詞字尾通常是有聲子音，名詞字尾則是無聲子音，例如：

- **believe** [brˋliv] **v.** 相信 解析 字尾是有聲子音 /v/。
- **belief** [brˋlif] **n.** 信念 解析 字尾是無聲子音 /f/。

（構詞音韻方面）

- **vis 黏接字尾綴詞 -ion** 衍生字 **vision** [ˋvɪʒən] **n.** 視力、願景 解析 s 字母與 /ə/ 音相鄰，硬顎化為 /ʒ/。

- **vis 也黏接形容詞字尾 -al** 衍生字 **visual** [ˋvɪʒuəl] **adj.** 視覺的、看得見的
  解析 u 是連結字母，而 s 同樣硬顎化為 /ʒ/。

單字 view 與 vis 同源，語意繁多，主要是指「視野」、「視力」，衍生字的語意容易藉由字首判斷，例如：

- **preview** [ˋpriˌvju] **n.** 預習
- **review** [rɪˋvju] **n.** 複習、評論
- **interview** [ˋɪntəˌvju] **n.** **v.** 訪問、面談

字根 vey 與 vid 同源

- **survey** [səˋve] **n.** 調查 **v.** 測量 **解析** 字首 sur- 是 super = over，表示「在上面」，從上觀看表示調查、測量。

vid 與 veil、vy 同源

- **surveillance** [səˋveləns] **n.** 監視、看守 **解析** 因 veil 與 vid 同源，字義構成與 survey 相同，表示「調查」、「測量」。
- **envy** [ˋɛnvɪ] **n.** **v.** 羨慕、忌妒 **解析** 字首 en- = on，表示「在表面」，字根 vy 與 vey 相近，同樣與 vid 同源，都是「看見的」（see）的意思。

字源考據方面

- **wise** [waɪz] **adj.** 有智慧的 **解析** 源自於 vid，字母 w、v 互換，/z/、/d/ 互轉，看到了、知道了真相，就長智慧了。

PART 2

桌遊卡牌的
遊戲玩法

Chapter 1

熟悉詞素的基本玩法

準備物品

- 118 張詞素卡（70 張不同詞素＋ 48 張重複詞素）

- 10 張萬能卡

- 1 枝筆和數張空白紙（可用黑板、粉筆替代）

- 人數超過 3 人的話，建議以順時鐘方向輪流出牌

- 萬能卡功能及使用張數，玩家可依遊戲內容自行定義，例如：

  - 反轉牌：逆轉出牌順序。

  - 阻擋牌：當有人使出這張牌時，下一位玩家會被迫跳過這回合，直接跳到下一位玩家。

電子檔空白詞素卡（建議使用電腦操作）

- 尋找密碼：請翻到本書第 14 頁，找出 01 字首 ad- 的第 2 個變體。

- 進入網站：https://reurl.cc/XG5QXM（輸入時請注意英文大小寫）

- 填寫表單：依照指示填寫基本資料與下載密碼。E-mail 請務必正確填寫，萬一連結失效才能寄發資料給您！

- 一鍵下載：送出表單後點選連結網址，即可下載電子檔空白詞素卡，自行列印剪裁填寫。

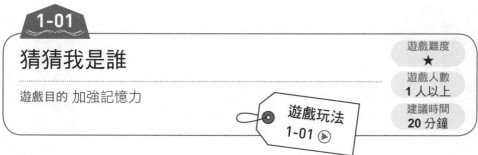

玩法

1・把 118 張詞素卡放成一疊，卡牌**正面**朝上，玩家一邊輪流**翻牌**、一邊說出卡牌**反面**的中文定義。答對的玩家，可以拿走這張牌；答不出來的人，必須把剛**翻**出的卡牌放回整疊的最下面。

2・依照順序輪下一位玩家。

3・最後手上擁有最多卡牌的人獲勝。

變化型　每個遊戲都可以加入萬能卡，由玩家們一起給萬能卡賦予定義，可以是**反轉**，也可以是**阻擋**，只要大家都同意即可。

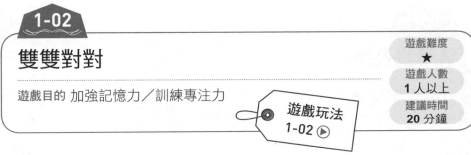

雙雙對對

遊戲目的 加強記憶力／訓練專注力

遊戲玩法
1-02 ▶

遊戲難度
★

遊戲人數
1 人以上

建議時間
20 分鐘

玩法

1・玩家可自行剪裁和卡牌尺寸一樣的紙張（寬 8.25 公分 × 高 11.25 公分），或者下載 130 頁提到的「電子檔空白詞素卡」自行列印剪裁，並寫上中文定義。每張英文詞素卡對應 1 張中文卡，總共有 70 張不同的詞素卡，所以中文卡也要有 70 張。

 若覺得 70 張卡牌太多，可以挑選 10 ~ 20 張即可。除了可以縮短製作中文卡的時間，20 張的數量也很適合入門學習者。

2・把所有的英文卡和中文卡正面朝上整齊排好，英文放左邊、中文放右邊。

3・每人每次翻 1 張英文卡＋1 張中文卡，如果翻到意思互相對應的兩張卡牌，表示配對成功，例如：同時翻到英文卡「**com**」＋中文卡「**一起、和**」。

4・若翻到的 2 張卡牌無法配對，請將 2 張卡放到中間。若是配對成功，玩家就拿走這 2 張卡牌，並繼續翻下一組，直到配對不成功再換下一位玩家。

5・最後手上擁有最多卡牌的玩家獲勝。

1-03

誰是最強大腦／破冰遊戲

遊戲目的 熟悉詞素卡／加強專注力

遊戲玩法
1-03 ▶

遊戲難度
★

遊戲人數
2 人（2 小隊）

建議時間
15 分鐘

玩法

1・選出 15 張詞素卡，反面朝上一張張放在桌上排列整齊。

2・不用管詞素卡的定義，但一定要會發音或是拼讀，並且要有辨認能力。

3・計時 2 分鐘，所有玩家**按照順序**把卡牌內容記住，例如：第 1 張是什麼詞素、第 2 張是什麼詞素……，直到第 15 張。

4・時間一到，把卡牌反面**翻轉朝下**。

5・參與者分成 2 隊，猜拳贏的一方先出題，問對方第幾張卡牌上是什麼詞素。如果答對，該張卡牌就**翻開來**；如果答錯，卡牌就再蓋回去。

6・由 1 人負責計分，答對題數越多者獲勝。

1-04

叫到名字的請舉手

遊戲目的 加強記憶力

遊戲玩法
1-04 ▶

遊戲難度
★

遊戲人數
2 人以上

建議時間
20 分鐘

玩法

1・選 10 ～ 20 張詞素卡，反面朝上排在桌面上。

2・由莊家說出中文定義，玩家要立刻把正確的卡牌找出來。

3・答對的人得分，並把該張卡牌拿走。

4・最後手上卡牌最多的玩家獲勝。

誰沒回家 I

遊戲目的 加強記憶力／推理能力／
專注力

遊戲玩法
1-05 ▶

遊戲難度
★★

遊戲人數
2 人以上

建議時間
20 分鐘

玩法

1・這個玩法有一點點難度。請先選出至少 15 張詞素卡，反面朝上整齊排好，由莊家帶領大家全部唸過一次。

2・所有玩家轉身背對桌子，再由莊家拿走其中某一張卡牌，**其他卡牌位置不動**。

3・第一位玩家轉過身來，回答被拿走那張卡牌上的英文詞素及中文定義。

4・答對者得分，卡牌放回原位再輪到下一位玩家。

5・由莊家負責計分，最後答對最多題的玩家獲勝。

6・這個遊戲要對卡牌很熟悉才能快速回答出來，不然常常會冷場。相反的，如果玩家對卡牌很熟悉，玩起來會很有挑戰性。

誰沒回家 II

遊戲目的 加強記憶力／推理能力／
專注力

遊戲難度
★★★
遊戲人數
2 人以上
建議時間
20 分鐘

遊戲玩法
1-06 ▶

玩法

1・延續 1-05「誰沒回家 I」的遊戲規則,但這個玩法難度較高。

2・玩家轉身背對桌子,由莊家拿走卡牌之後,迅速**把其他卡牌位置弄亂**。

3・再讓玩家輪流找出拿走了哪張牌,並回答上面的英文詞素和中文定義。

4・注意!玩家們考慮的時間會拉長,必須控制好遊戲時間。

　　請不要小看「熟悉詞素」這個步驟,也請不要略過。在進行 Chapter 2 的遊戲之前,請務必熟稔所有基本詞素的定義,等到熟悉了再進階到下一章。

注意事項

■ 用 2 ～ 3 張詞素卡可以組合出 1 個單字，例如：字首＋字根、字根
＋字尾、字首＋字根＋字尾。

■ 除了詞素卡最上方的**基本詞素**，底下文字較小的**同源詞素**或**變體**，
也可以用來組合單字。

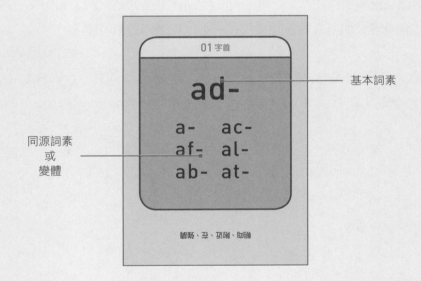

■ 較常見的詞素，卡牌張數會比較多，方便玩家組合單字時重複使
用。

■ 先組合出比較熟悉的 10 個英文單字，放在桌上排好。

■ 如果想知道詞素卡總共可以組合出哪些單字，請參考附錄 1「卡牌組
合單字索引」（頁 158）。也可以直接從索引中挑選單字進行遊戲，
比較節省時間。

聽聲辨位（英文版）

遊戲玩法 2-01 ▶

遊戲難度 ★★

遊戲人數 **2 人以上**

建議時間 **15 分鐘**

遊戲目的 加強記憶力／理解能力／專注力

玩法

1· 先選出 10 個單字（約 30 張詞素卡），再把這些詞素卡依照字根、字首、字尾分成 3 類**整齊排好**。

2· 莊家先唸出 1 個英文單字，例如：**intelligent**。

3· 玩家要從 3 類詞素卡中選出 inter（字首 11，變體 **intel**）＋ leg（字根 55，同源詞素 **lig**）＋ ance（字尾 23，變體 **ent**）3 張卡牌，組合成 1 個單字 **intelligent**。

4· 成功組合單字的玩家拿走卡牌，最後手上卡牌最多的玩家獲勝。

5· 將 10 個單字輪流玩熟。

聽聲辨位（中文版）

遊戲玩法 2-02 ▶

遊戲難度 ★★

遊戲人數 **2 人以上**

建議時間 **15 分鐘**

遊戲目的 加強記憶力／理解能力／專注力

玩法

1· 延續 2-01「聽聲辨位（英文版）」的遊戲規則，先選出 10 個單字（約 30 張詞素卡）。

2· 莊家這次改唸出單字的中文解釋，例如：**有才智的**。

3· 玩家必須選出 inter ＋ leg ＋ ance 這 3 張詞素卡，組合成單字 intelligent（中文解釋為**「有才智的」**）。

4· 成功組合單字的玩家拿走卡牌，最後手上卡牌最多的玩家獲勝。

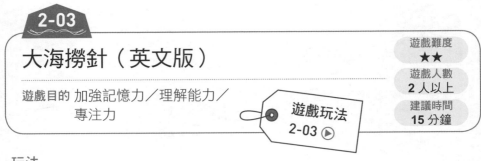

2-03

大海撈針（英文版）

遊戲目的 加強記憶力／理解能力／
專注力

遊戲玩法
2-03 ▶

遊戲難度
★★

遊戲人數
2 人以上

建議時間
15 分鐘

玩法

1・先選出 10 個單字的詞素卡，再把這些詞素卡**混在一起**，不須整齊排列。

2・莊家先唸出 1 個英文單字，例如：**affection**。

3・玩家要從混雜的卡片堆中選出 ad（變體 **af**）＋ fact（變體 **fect**）＋ **ion** 這
3 張詞素卡，組合成單字 **affection**。

4・成功組合單字的玩家拿走卡牌，最後手上卡牌最多的玩家獲勝。

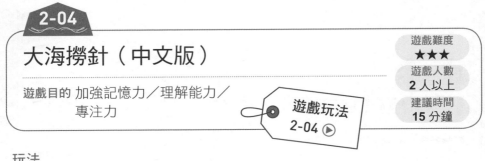

2-04

大海撈針（中文版）

遊戲目的 加強記憶力／理解能力／
專注力

遊戲玩法
2-04 ▶

遊戲難度
★★★

遊戲人數
2 人以上

建議時間
15 分鐘

玩法

1・延續 2-03「大海撈針（英文版）」的遊戲規則，先選出 10 個單字的詞素
卡。

2・莊家這次改唸出單字的中文解釋，例如：**影響**。

3・玩家必須選出 ad ＋ fact ＋ ion 這 3 張詞素卡，組合成單字 affection（中
文解釋為「**影響**」）。

4・成功組合單字的玩家拿走卡牌，最後手上卡牌最多的玩家獲勝。

請來找麻煩

2-05

遊戲目的 加強記憶力／理解能力／
專注力

遊戲玩法
2-05 ▶

遊戲難度
★★★

遊戲人數
2 人（2 小隊）

建議時間
15 分鐘

玩法

1. 莊家先選出 5 個單字的詞素卡，並且故意用錯誤的方式將卡牌組合成單字，讓玩家來「找麻煩」。例如：de ＋ part 和 in ＋ ject ＋ ion 這兩個單字，故意組合成錯誤的 **de**jection 和 **in**part，玩家必須找出 de 跟 in 被放錯位置，並且正確組合出 depart 和 injection。

2. 參與者分成 2 隊，猜拳贏的一方先回答。

3. 修改正確的玩家把卡牌拿走，最後手上卡牌最多的玩家獲勝。

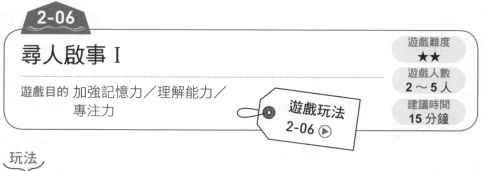

尋人啟事 I

2-06

遊戲目的 加強記憶力／理解能力／
專注力

遊戲玩法
2-06 ▶

遊戲難度
★★

遊戲人數
2 ～ 5 人

建議時間
15 分鐘

玩法

1. 先選出 10 個單字的詞素卡，依照字根、字首、字尾的分類排好。

2. 每個單字都抽掉其中 1 張詞素卡，空位暫時以萬能卡填補。

3. 被取出的 10 張詞素卡稱為「迷路的小孩」，放在桌面右邊，正面朝上隨機排好，不用按照順序。

4. 左邊各缺了 1 張詞素卡的 10 個單字則稱為「尋人組」。

5. 玩家輪流翻開右邊的詞素卡，把「迷路的小孩」帶回正確的「尋人組」單字中，修改正確的玩家就可以拿走暫時填補位置的萬能卡。

6. 最後手上萬能卡最多的玩家獲勝。

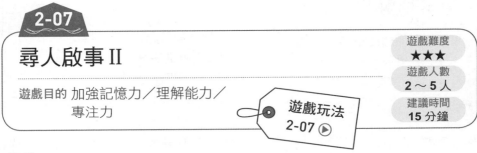

尋人啟事 II

遊戲難度
★★★

遊戲人數
2～5人

建議時間
15分鐘

遊戲目的 加強記憶力／理解能力／專注力

遊戲玩法
2-07 ▶

玩法

1・延續 2-06「尋人啟事 I」遊戲規則,選出 10 個單字的詞素卡。

2・這次抽掉的詞素卡不用排在桌面右邊,先由莊家收起來。空位一樣暫時以萬能卡填補。

3・玩家輪流回答,必須唸出「尋人組」中消失的詞素卡,以及拼讀出完整單字。

4・答對的玩家可以把完整單字的 2 ～ 3 張詞素卡＋萬能卡拿走,最後手上卡牌最多的玩家獲勝。

撿紅點（**Go Fishing**）

遊戲難度
★★

遊戲人數
2人以上

建議時間
15分鐘

遊戲目的 加強記憶力／理解能力／專注力

遊戲玩法
2-08 ▶

玩法

1・先選出 10 個單字的詞素卡,洗牌打散之後每人各發 5 張卡牌,剩下的放在桌子中央。如果玩家人數較多,可以再增加幾個單字,讓詞素卡的張數足夠發給大家。

2‧猜拳決定遊戲順序。如果玩家運氣很好，拿到的詞素卡已經可以組合成完整單字，就直接排在自己位置前方給大家看。

3‧如果輪到的玩家手上沒有完整單字，可以先對其他玩家提問：「Do you have the card⋯？」有這張卡牌的玩家一定要拿出來。如果其他玩家都沒有，就翻1張桌子中央的卡牌。

舉例　我手上目前有 **sub** 跟 **ordin** 這2張詞素卡，就可以問其他玩家：「Do you have the card "ate"？」以便完整組合出 **subordinate** 這個單字。

4‧玩家輪流提問或翻1張中間的牌，直到所有單字都組合完成為止。最後手上完整單字卡牌最多的玩家獲勝。

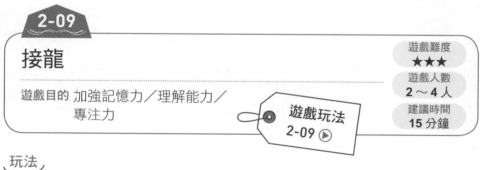

2-09

接龍

遊戲目的 加強記憶力／理解能力／專注力

遊戲玩法 2-09 ▶

遊戲難度
★★★

遊戲人數
2～4 人

建議時間
15 分鐘

玩法

1‧先選出 10 個單字的詞素卡，並把卡牌平均發給玩家。

2‧玩家輪流出牌，規定要先從「字根」開始出。10 個單字會有 10 個字根，可以接出 10 條龍。

3‧字根都出完之後，玩家開始出和這 10 個字根相關、可以組合成完整單字的詞素卡，並念出該單字。如果手上沒有適合接龍的詞素卡，玩家就必須蓋牌。

4‧當所有玩家把手上的卡牌都出完／蓋完之後，蓋牌張數最少的玩家獲勝。

Bang! Bang! Bang!（拍拍牌）

遊戲目的 加強記憶力／理解能力／
專注力／反應力

遊戲玩法
2-10 ▶

遊戲難度
★★★★

遊戲人數
2 人以上

建議時間
15 分鐘

玩法

1・先選出 10 個單字的詞素卡，洗牌打散之後整疊正面朝上放在桌面中央。

2・玩家依序輪流翻開卡牌，並回答有用到該詞素的完整單字（只能回答選出來的 10 個單字）。

> 舉例
> • 翻到 **trans** 或是 **it**，就要回答 **transit**
> • 翻到 **act** 或是 **ive**，就要回答 **active**

3・翻開的卡牌先隨意排在桌上，如果能夠組合成完整單字的詞素卡都出現了，玩家就用手去拍這幾張卡牌。一人只能拍一張，拍到的玩家可以把卡牌拿走。

4・最後手上卡牌最多的玩家獲勝。

>
> 剛開始玩的時候可以把這 10 個單字寫在黑板、白板或者大張紙上，邊看邊玩，等到熟練之後再把字擦掉或拿掉，增加難度與趣味性。

2-11

誰是記憶王

遊戲目的 加強記憶力／理解能力／
專注力

遊戲玩法
2-11 ▶

遊戲難度
★★★★

遊戲人數
2 人以上

建議時間
15 分鐘

玩法

1‧先選出 10 ～ 15 個單字的詞素卡，洗牌打散之後正面朝上一張一張整齊
排好。

2‧輪到的玩家一次可以翻開 3 張卡牌，如果能夠組合成完整單字，玩家就
把卡牌拿走。

3‧無法組合成完整單字的詞素卡，正面朝上再放回原位，然後換下一位玩
家。

4‧直到所有卡牌都被組合成完整單字，最後手上卡牌最多的玩家獲勝。

2-12

心臟病

遊戲目的 加強記憶力／理解能力／
專注力／反應力

遊戲玩法
2-12 ▶

遊戲難度
★★

遊戲人數
2 人以上

建議時間
15 分鐘

玩法

1‧莊家唸出事先選好的 10 個單字，同時把這 10 個單字寫在黑板、白板或
者大張紙上，其他玩家注意聆聽。

2‧莊家將詞素卡洗牌打散之後平均發給玩家，玩家不可以看自己的卡牌。
如果玩家人數較多，可以再增加幾個單字，讓詞素卡的張數足夠發給大
家。

3. 每位玩家**翻**出 1 張詞素卡放在桌上，莊家開始按照剛剛寫在黑板或紙上的順序輪流唸出 10 個單字。

4. 如果唸到的單字的詞素卡剛好在桌上，玩家就用手去拍這幾張卡牌，最後拍到的玩家要把這張詞素卡拿走。

 舉例 如果莊家唸到 **depart**，而玩家翻出的卡牌中剛好有 **de** 或是 **part**，大家就要用手去拍這 2 張卡牌，最後一個拍到的人要把卡牌拿走。

5. 最後由手上卡牌**最少**的玩家獲勝。

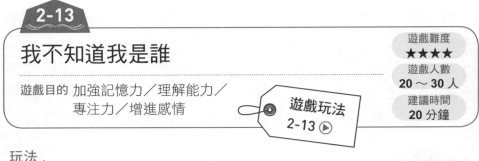

2-13 我不知道我是誰

遊戲目的 加強記憶力／理解能力／專注力／增進感情

遊戲玩法 2-13

遊戲難度 ★★★★

遊戲人數 20 ～ 30 人

建議時間 20 分鐘

玩法

1. 莊家依照遊戲人數選出單字，將詞素卡洗牌打散之後，每位玩家都要分到 1 張。

2. 玩家不可以看自己的卡牌，拿到後要馬上將卡牌舉在自己額頭前面讓其他玩家看。

3. 由其他玩家暗示自己可以跟哪些玩家頭上的詞素卡組合成完整單字，屬於同一個單字的玩家就聚在一起蹲下來。

 小叮嚀 這是一個氣氛熱鬧的團康活動。單字不多的時候，玩起來不會很難；如果超過 15 個單字，會比較花時間。玩的時候大家都會一直傻笑，但是非常有趣。

大鯊魚

遊戲目的 加強記憶力／理解能力／
專注力／協調力／創意

遊戲玩法
2-14 ▶

遊戲難度
★★★★★

遊戲人數
2 人以上
（最好是 **4 人**）

建議時間
20 分鐘

1・莊家先選出 10 個單字的詞素卡，再加上 10 張萬能卡，洗牌打散之後發給每位玩家各 5 張卡牌，剩餘的整疊正面朝上放在桌面中央。

2・玩家拿到之後，要先檢視自己的卡牌能否組合成完整單字；如果不行的話，再檢視能否形成「**大鯊魚**」。

大鯊魚　玩家手上的詞素卡只差「1 張」就可以組合成完整單字，手上又恰好有萬能卡可以暫時代替這張缺少的詞素卡，那這組卡牌（詞素卡＋萬能卡）就稱為「**大鯊魚**」，在遊戲中可以吃掉別人的卡牌。

舉例：手上有 intro 和 ion 這 2 張詞素卡，但是沒有 duct，又剛好有萬能卡可以暫時代替 duct，組合成完整單字 **introduction**。

3・所有玩家輪流出牌。如果運氣很好，拿到的詞素卡已經可以組合成完整單字，就直接排在自己位置前方給大家看，並得到 1 分。（1 個完整單字1 分）

4・如果玩家有「大鯊魚」的話，一樣把卡牌排在位置前方給大家看。若其他玩家剛好有萬能卡暫時代替的那張詞素卡，就會被「大鯊魚」吃掉，組合成完整單字排在「大鯊魚」玩家位置前方，並得到 1 分。（1 個完整單字 1 分，包含萬能卡）

如果其他玩家剛好有 duct 這張詞素卡，就會被 **intro ＋ 萬能卡 ＋ ion** 這隻「大鯊魚」吃掉，組合成完整單字 **introduction**。

5・若其他玩家都沒有「大鯊魚」需要的詞素卡，「大鯊魚」玩家就可以翻 1 張中間卡牌。如果剛好翻到需要的卡牌，「大鯊魚」玩家也能組合成完整單字得分。

如果「大鯊魚」玩家剛好翻到 duct 這張詞素卡，就能組合成完整單字 **introduction**。

6・如果「大鯊魚」玩家沒有翻到需要的詞素卡，就把「大鯊魚」和剛剛翻的卡牌收回手中，然後換下一位玩家出牌。

如果「大鯊魚」玩家沒有翻到 duct 這張詞素卡，就把 **intro ＋ 萬能卡 ＋ ion** 這隻「大鯊魚」和剛剛翻到的卡牌一起收回手中。

7・如果輪到的玩家手上沒有完整單字卡牌或「大鯊魚」的話，就直接翻 1 張中間卡牌。若剛好翻到需要的詞素卡，可以組合成完整單字或「大鯊魚」，就依照前述步驟進行；若沒有翻到需要的詞素卡，就把剛剛翻的卡牌收回手中，然後換下一位玩家出牌。

8・中間卡牌翻完，但玩家手上的卡牌還沒有全部組合成完整單字時，手上有萬能卡的玩家可以喊一聲：「換牌。」此時所有玩家要互相換牌，方式由喊出「換牌」的玩家決定，例如：要所有玩家拿出 1 張詞素卡給順時針或逆時針的下一家，或是跟對面玩家交換。

9・最後由完整單字卡牌最多的玩家獲勝，這個遊戲也是要單字比較熟的時候才能玩得盡興。

除了可以從附錄 1「卡牌組合單字索引」（頁 158）挑選遊戲要用的單字，也可以從平時的讀本或教材中尋找生字作為目標單字、進行詞素分析，再用本章所教的遊戲玩到熟練，就會不知不覺地記起來！

眼明手快

遊戲目的 熟悉卡牌英文和中文對應／
　　　　破冰／刺激／炒熱氣氛

遊戲難度
★★★★★
遊戲人數
3 人以上 （最好 **6** 人以上）
建議時間
10 ～ 30 分鐘

玩法

1・參考下表按人數抽出欲教學的詞素卡及萬能卡 3 張，每人各 6 張。洗牌後平分卡牌給各玩家，玩家不可看牌。

> 說明
>
> 9 人：字首 17 張、字根 17 張、字尾 17 張、萬能卡 3 張
> 8 人：字首 15 張、字根 15 張、字尾 15 張、萬能卡 3 張
> 7 人：字首 13 張、字根 13 張、字尾 13 張、萬能卡 3 張
> 6 人：字首 11 張、字根 11 張、字尾 11 張、萬能卡 3 張
> 5 人：字首 9 張、字根 9 張、字尾 9 張、萬能卡 3 張
> 4 人：字首 7 張、字根 7 張、字尾 7 張、萬能卡 3 張
> 3 人：字首 5 張、字根 5 張、字尾 5 張、萬能卡 3 張

2・順時針方向輪流**翻牌**，玩家**翻**出時需唸出英文和中文，例如：**able ／能夠**，其他玩家跟著複誦。

3・下一位玩家**翻牌**，同上述步驟唸出英文和中文，其他玩家跟著複誦，持續進行下去。

4・若桌面上合計出現 5 張同色卡牌（共有綠、橘、藍 3 色），或是翻出萬能卡時，所有玩家需搶拍。可以準備一個鈴讓大家拍，或者事先約定好要拍桌上的某個地方。

小叮嚀　此遊戲困難的地方在於除了複誦之外，玩家還要隨時留意桌上的某色卡牌是否已經累積 5 張。

5・最慢搶拍者，需拿走桌上所有卡牌。

6・下一輪遊戲由最慢搶拍者開始翻牌，最後手上卡牌全部脫手者為贏家。

2-16

接力賽挑戰

遊戲目的 熟悉卡牌英文和中文對應，並聯想出相關單字／記憶／心機

遊戲難度
★★★★★

遊戲人數
4 人以上
（最好 **6 人以上**）

建議時間
20 ～ 30 分鐘

玩法

1・參考下表按人數抽出欲教學的詞素卡及萬能卡（陷害卡）5 張。洗牌後各發 6 張卡牌給玩家，玩家可看牌，其餘卡牌當作公牌（萬能卡需抽出）。

說明
9 人：字首 16 張、字根 17 張、字尾 16 張、萬能卡 5 張
8 人：字首 14 張、字根 15 張、字尾 14 張、萬能卡 5 張
7 人：字首 12 張、字根 13 張、字尾 12 張、萬能卡 5 張
6 人：字首 10 張、字根 11 張、字尾 10 張、萬能卡 5 張
5 人：字首 8 張、字根 9 張、字尾 8 張、萬能卡 5 張
4 人：字首 6 張、字根 7 張、字尾 6 張、萬能卡 5 張

2·從公牌中抽出 1 張放置桌面。

3·順時針依序進行。若玩家手牌和桌上公牌同色（共有綠、橘、藍 3 色），或與公牌編號尾數相同（例如公牌編號 11，手牌編號 1、21、31……則尾數同為 1），玩家需唸出英文、中文和相關單字，例如：**ion ／名詞字尾／action**，其他玩家跟著複誦後，即可將手牌接龍在公牌之後。

4·下一位玩家持續上述步驟往下進行接龍。若玩家手牌中沒有相同顏色、相同尾數卡牌或萬能卡（陷害卡），則喊 pass，並從公牌中抽出一張牌。若抽牌後還是無法接龍成功，則需將抽到的公牌放入個人手牌內。

5·手牌中有陷害卡的玩家，可自行決定陷害卡的出牌時機。陷害卡可以和任何一張牌接龍，被陷害的下一位玩家必須從公牌中抽出 2 張卡牌放入個人手牌內。

6·使用陷害卡的玩家，可要求下一位玩家出指定顏色的卡牌。若下位玩家無法出牌，則同前述第 4 步驟喊 pass，並從公牌中抽出一張牌。

7·最後手上卡牌全部脫手者為贏家。

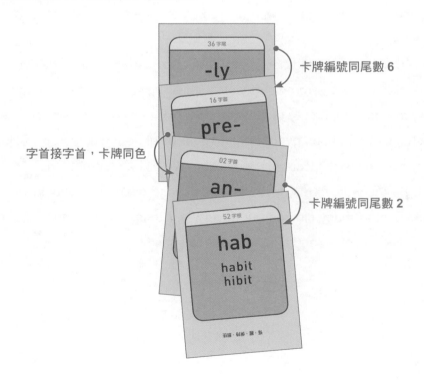

Chapter 3　卡牌融入閱讀，能力大提升

單字卡牌 vs. 文章閱讀

　　這個結合閱讀與卡牌的遊戲，是 Dana 老師個人最喜歡的卡牌玩法。當我們遇到晦澀難讀、單字很多的文章時，可以試試看這個練習方法。

　　接下來就以這篇不是很困難的短文作為範例，我們一起來玩玩看。首先，讓我們一起瀏覽下面這篇文章：

Last Sunday, I went shopping at a department store downtown. Luckily, it was their annual anniversary sale and there were countless products to choose from. The moment I got to the lobby, I saw an attractive wedding gown with an elaborate lace pattern which caught my attention.

Women's clothing section is always my preference. However, it was disorderly, overcrowded with a lot of insane female customers. Surprisingly, I found my orchestra conductor in the crowd too, and her husband is a famous gynecologist in our neighborhood, who was also shopping in the adjacent men's section. We all had a great time.

By the way, to my husband, it is beyond his understanding why I purchase so many clothes but never wear them. I think I should stop shopping too often and avoid excessive spending.

如果我們拿到一篇生字有點多、不容易讀懂的文章，還是請先耐著性子仔細讀一次吧！讀完之後，把陌生單字挑出來。

Last Sunday, I went shopping at a department store downtown. Luckily, it was their annual anniversary sale and there were countless products to choose from. The moment I got to the lobby, I saw an attractive wedding gown with an elaborate lace pattern which caught my attention.

Women's clothing section is always my preference. However, it was disorderly, overcrowded with a lot of insane female customers. Surprisingly, I found my orchestra conductor in the crowd too, and her husband is a famous gynecologist in our neighborhood, who was also shopping in the adjacent men's section. We all had a great time.

By the way, to my husband, it is beyond his understanding why I purchase so many clothes but never wear them. I think I should stop shopping too often and avoid excessive spending.

翻到附錄 1（頁 158），從索引中找出這些單字的字根、字首、字尾組合，再把文章整理成下面這樣：

Last Sunday, I went shopping at a department（de／part／ment）store downtown. Luckily, it was their annual（annu／al）anniversary（anni／vers／ary）sale and there were countless（count／less）products（pro／duct）to choose from. The moment I got to the lobby, I saw an attractive（at／tract／ive）wedding gown with an elaborate（e／labor／ate）lace pattern which caught my attention.

Women's clothing section is always my preference（pre／fer／ence）. However, it was disorderly（dis／order／iy）, overcrowded（over／crowd／ed）with a lot of insane female customers. Surprisingly, I found my orchestra conductor（con／duct／or）in the crowd too, and her husband is a famous gynecologist（gyneco／logy）in our neighborhood, who was also shopping in the adjacent（ad／jac／ent）men's section. We all had a great time.

By the way, to my husband, it is beyond his understanding（under／stand／ing）why I purchase so many clothes but never wear them. I think I should stop shopping too often and avoid（a／void）excessive（ex／cess／ive）spending.

仔細把所有對應的詞素卡找出來：

- department（de／part／ment）
- annual（annu／al）
- anniversary（anni／vers／ary）
- countless（count／less）
- products（pro／duct）
- attractive（at／tract／ive）
- elaborate（e／labor／ate）
- preference（pre／fer／ence）
- disorderly（dis／order／ly）
- overcrowded（over／crowd／ed）
- conductor（con／duct／or）
- gynecologist（gyneco／logy）
- adjacent（ad／jac／ent）
- understanding（under／stand／ing）
- avoid（a／void）（a = ex = out,void = empty）
- excessive（ex／cess／ive）

卡牌整理出來之後，你可能會產生一個疑問：有些單字在附錄 1 的索引當中找不到，該怎麼辦呢？沒關係！這個單字有可能是可獨立字根，或是剛好不在本書的介紹範圍內，我們可以去「網路字源字典」（Online Etymology Dictionary）裡面查詢，然後再自己動手做詞素卡。（方法請參考頁 157）

找到所有單字卡牌之後，我們就可以回到 Chapter 2 的「單字組合進階玩法」進行遊戲，把這些陌生單字玩到熟練。熟悉卡牌（詞素）之後，也自己可以做其他變化，例如：網路上有各式各樣的的卡牌遊戲規則，都可以拿來參考。只要熟悉卡牌之後再回去閱讀文章，整個閱讀過程一定會耳目一新。

我們再回過頭看以下這篇拿掉陌生單字、加上中文提示的文章，試試看比較熟悉單字之後，能不能念出完整的英文文章。這裡的中文只是提示角色，請練習用英文思考英文，不要過度依賴中文。

Last Sunday, I went shopping at a _____ （百貨公司）store downtown. Luckily, it was their _____（年度的）_____（週年慶）sale and there were _____（數不盡的）_____（商品）to choose from. The moment I got to the lobby, I saw an _____（迷人的）wedding gown with an _____（精心製作的）lace pattern which caught my attention.

Women's clothing section is always my _____（偏好）. However, it was _____（混亂的）, _____（過度擁擠）with a lot of insane female customers. Surprisingly, I found my orchestra _____（指揮）in the crowd too, and her husband is a famous _____（婦科醫生）in our neighborhood, who was also shopping in the _____（鄰近的）men's section. We all had a great time.

By the way, to my husband, it is beyond his _____（理解）why I purchase so many clothes but never wear them. I think I should stop shopping too often and _____（避免）_____（過度的）spending.

剛剛這篇文章已經換個方式練習過了，現在我們再練習以下的方式。Dana 老師再提醒大家一次，請盡量用英文去做直覺反應，這次試試把文章大聲地念出來。

Last Sunday, I went shopping at a _____ store downtown. Luckily, it was their _____ _____ sale and there were __ _____ _____ to choose from. The moment I got to the lobby, I saw an _____ wedding gown with an _____ lace pattern which caught my attention.

Women's clothing section is always my _____. However, it was _____, _____ with a lot of insane female customers.

Surprisingly, I found my orchestra _____ in the crowd too, and her husband is a famous _____ in our neighborhood, who was also shopping in the _____ men's section. We all had a great time.

By the way, to my husband, it is beyond his _____why I purchase so many clothes but never wear them. I think I should stop shopping too often and _____ _____ spending.

　　覺得怎麼樣呢？親愛的讀者們，練習之後感覺如何？ Dana 老師期待聽見大家的回饋！雖然這本書是以學習「單字」作為出發點，但是別忘了，句子和文章才是我們學習單字的終極目標。

遇到不能拆解的單字？
──自己動手做卡牌！

很多單字不僅找不到拆解的方式，也確實沒有辦法拆解；或者是文章中有不認識的單字，但是字數不多。這時候使用自製的卡牌，其實可以發揮很驚人的效果。

接下來，Dana 老師以一首非常古老的英國民歌 "*Scarborough Fair*" 來做示範。歌詞很長，我們先來處理第一段：

Are you going to Scarborough Fair?

Parsley, sage, rosemary and thyme.

Remember me to one who lives there.

She once was a true love of mine.

首先瀏覽一次歌詞。這是一首很常聽到的歌曲，但很少人知道歌詞的意思，我每次分享時大家都覺得很有趣，同學們會說：

「裡面有單字！才到第二行就看不懂了。」那我們就一起把這些陌生單字標出來，以下先假設有 6 個生字：

Are you going to Scarborough Fair?

Parsley, sage, rosemary and thyme.

Remember me to one who lives there.

She once was a true love of mine.

這時可拿幾張空白紙張，自行裁出 6 張和本書卡牌尺寸一樣大的卡牌（寬 8.25 公分 × 高 11.25 公分）。或者下載 130 頁提到的「電子檔空白詞素卡」自行列印剪裁，然後在卡牌上寫出剛剛標出來的 6 個英文單字以及中文定義。

　　卡牌做好之後，請回到 Chapter 1「熟悉詞素的基本玩法」（頁 130），把卡牌練習到熟悉為止，而且還要知道如何發音，因為這是歌詞，等等要唱的！

　　把單字玩到滾瓜爛熟之後，我們就可以來唱這首歌了！一次學一段，一點也沒有壓力。唱的時候還會想到：「啊！原來歌詞裡唱的是四種菜的名字呢！」（其實是四種香草喔！）

　　建議先把歌詞念熟再來唱英文歌。玩熟之後、唱個幾次，這首歌將會餘音繞梁不只三日，在腦中不斷盤旋，然後一輩子也忘不掉！

連結 YouTube 聽這首歌

Scarborough Fair
https://reurl.cc/Omyjg

卡牌組合單字索引

編號	單字	中文解釋	詞素卡 1	詞素 1
1	accept	**v.** 接受、同意	01 字首 ad-	ac-
2	acceptance	**n.** 接受	01 字首 ad-	ac-
3	access	**n.** 接近、入口	01 字首 ad-	ac-
4	accessible	**adj.** 易接近的、可取得的	01 字首 ad-	ac-
5	acquire	**v.** 獲得、習得	01 字首 ad-	ac-
6	acquisition	**n.** 習得	01 字首 ad-	ac-
7	acquisitive	**adj.** 想獲得的	01 字首 ad-	ac-
8	action	**n.** 作用、作用力	41 字根 act	act
9	active	**adj.** 活動的、主動的	41 字根 act	act
10	actual	**adj.** 事實上的	41 字根 act	act
11	actuality	**n.** 現實	41 字根 act	act
12	actualize	**v.** 實現、實行	41 字根 act	act
13	address	**n.** 地址 **v.** 演說	01 字首 ad-	ad-
14	adequate	**adj.** 足夠的、適當的	01 字首 ad-	ad-
15	adjacent	**adj.** 鄰近的、毗鄰的	01 字首 ad-	ad-
16	advise	**v.** 通知、勸告	01 字首 ad-	ad-
17	affect	**v.** 影響	01 字首 ad-	af-
18	affection	**n.** 影響	01 字首 ad-	af-
19	affective	**adj.** 表達感情的	01 字首 ad-	af-
20	agency	**v.** 代理、經銷處	41 字根 act	ag
21	anticipate	**v.** 預期、期待	03 字首 anti-	anti-
22	antonym	**n.** 反義詞	03 字首 anti-	ant-
23	attend	**v.** 出席、照料	01 字首 ad-	at-
24	attendance	**n.** 到場、出席	01 字首 ad-	at-
25	avail	**n.** 效用 **v.** 有效	01 字首 ad-	a-
26	available	**adj.** 有效力的、可利用的	01 字首 ad-	a-
27	capable	**adj.** 有能力的	43 字根 cap	cap

詞素卡 2	詞素 2	詞素卡 3	詞素 3	詞素卡 4	詞素 4
43 字根 cap	cept				
43 字根 cap	cept	23 字尾 -ance	-ance		
44 字根 cede	cess				
44 字根 cede	cess	21 字尾 -able	-ible		
61 字根 quest	quire				
61 字根 quest	quisit	30 字尾 -ion	-ion		
61 字根 quest	quisit	33 字尾 -ive	-ive		
30 字尾 -ion	-ion				
33 字尾 -ive	-ive				
22 字尾 -al	-ual				
22 字尾 -al	-ual	40 字尾 -ty	-ity		
22 字尾 -al	-ual	34 字尾 -ize	-ize		
62 字根 rect	dress				
47 字根 equ	equ	24 字尾 -ate	-ate		
54 字根 ject	jac	23 字尾 -ance	-ent		
70 字根 vid	vise				
48 字根 fact	fect				
48 字根 fact	fect	30 字尾 -ion	-ion		
48 字根 fact	fect	33 字尾 -ive	-ive		
23 字尾 -ance	-ency				
43 字根 cap	cip	24 字尾 -ate	-ate		
57 字根 nom	onym				
65 字根 ten	tend				
65 字根 ten	tend	23 字尾 -ance	-ance		
69 字根 val	vail				
69 字根 val	vail	21 字尾 -able	-able		
21 字尾 -able	-able				

編號	單字	中文解釋	詞素卡 1	詞素 1
28	collect	**v.** 蒐集	04 字首 com-	col-
29	collection	**n.** 收集	04 字首 com-	col-
30	concede	**v.** 承認、讓步	04 字首 com-	con-
31	conceive	**v.** 認為、懷孕	04 字首 com-	con-
32	concept	**n.** 概念	04 字首 com-	con-
33	concession	**n.** 讓步	04 字首 com-	con-
34	conclusion	**n.** 結論	04 字首 com-	con-
35	conclusive	**adj.** 決定性的	04 字首 com-	con-
36	conduct	**n.** 行為 **v.** 領導	04 字首 com-	con-
37	confer	**v.** 商議、賦予	04 字首 com-	con-
38	conference	**n.** 會議	04 字首 com-	con-
39	conferment	**n.** 授與或頒給學位	04 字首 com-	con-
40	conflux	**n.** 匯流處	04 字首 com-	con-
41	congress	**n.** 國會、會議	04 字首 com-	con-
42	conquer	**v.** 征服、得勝	04 字首 com-	con-
43	conquest	**n.** 征服、戰利品	04 字首 com-	con-
44	consist	**v.** 組成	04 字首 com-	con-
45	constitute	**v.** 組成、站在一起	04 字首 com-	con-
46	content	**n.** 內容 **adj.** 滿足的 **v.** 使滿足	04 字首 com-	con-
47	continent	**n.** 大陸、洲	04 字首 com-	con-
48	continual	**adj.** 不間斷的、經常發生的	04 字首 com-	con-
49	contract	**n.** 合約	04 字首 com-	con-
50	coordinate	**adj.** 同等的 **n.** 同等的人或物	04 字首 com-	co-
51	correct	**v.** 校正 **adj.** 正確的	04 字首 com-	cor-
52	correction	**n.** 訂正、修改	04 字首 com-	cor-
53	deduct	**v.** 扣除	05 字首 de-	de-
54	deduction	**n.** 扣除	05 字首 de-	de-
55	deficient	**adj.** 有缺點的、不完全的	05 字首 de-	de-
56	degrade	**v.** 降低	05 字首 de-	de-
57	degree	**n.** 程度、度數、學位	05 字首 de-	de-
58	depart	**v.** 出發	05 字首 de-	de-
59	department	**n.** 部門	05 字首 de-	de-

詞素卡 2	詞素 2	詞素卡 3	詞素 3	詞素卡 4	詞素 4
55 字根 leg	lect				
55 字根 leg	lect	30 字尾 -ion	-ion		
44 字根 cede	cede				
43 字根 cap	ceive				
43 字根 cap	cept				
44 字根 cede	cess	30 字尾 -ion	-ion		
45 字根 claus	clus	30 字尾 -ion	-ion		
45 字根 claus	clus	33 字尾 -ive	-ive		
46 字根 duct	duct				
49 字根 fer	fer				
49 字根 fer	fer	23 字尾 -ance	-ence		
49 字根 fer	fer	37 字尾 -ment	-ment		
50 字根 flu	flux				
51 字根 grad	gress				
61 字根 quest	quer				
61 字根 quest	quest				
63 字根 sta	sist				
63 字根 sta	stitute				
65 字根 ten	tent				
65 字根 ten	tin	23 字尾 -ance	-ent		
65 字根 ten	tin	22 字尾 -al	-ual		
66 字根 tract	tract				
58 字根 ordin	ordin	24 字尾 -ate	-ate		
62 字根 rect	rect				
62 字根 rect	rect	30 字尾 -ion	-ion		
46 字根 duct	duct				
46 字根 duct	duct	30 字尾 -ion	-ion		
48 字根 fact	fic	23 字尾 -ance	-ient		
51 字根 grad	grade				
51 字根 grad	gree				
59 字根 part	part				
59 字根 part	part	37 字尾 -ment	-ment		

編號	單字	中文解釋	詞素卡 1	詞素 1
60	despise	**v.** 輕蔑	05 字首 de-	de-
61	despite	**n.** 輕蔑、侮辱	05 字首 de-	de-
62	differ	**v.** 不同於	06 字首 dis-	dif-
63	differential	**adj.** 有所區別的	06 字首 dis-	dif-
64	disable	**v.** 使殘障	06 字首 dis-	dis-
65	disclose	**v.** 揭發、洩露	06 字首 dis-	dis-
66	disorder	**n.** 無秩序	06 字首 dis-	dis-
67	disorderly	**adj.** 混亂的	06 字首 dis-	dis-
68	disproportion	**n.** 不相稱的 **v.** 使不相稱	06 字首 dis-	dis-
69	effect	**v.** 影響 **n.** 效果	08 字首 ex-	ef-
70	emotion	**n.** 情緒、情感	08 字首 ex-	e-
71	emotional	**adj.** 感情的、易受感動的	08 字首 ex-	e-
72	emotive	**adj.** 感情的、情緒的	08 字首 ex-	e-
73	enclose	**v.** 隨函附寄	07 字首 en-	en-
74	enquire	**v.** 詢問	07 字首 en-	en-
75	entertain	**v.** 款待、使娛樂	11 字首 inter-	enter-
76	equal	**n.** 對手 **v.** 等於 **adj.** 相等的	47 字根 equ	equ
77	equally	**adv.** 相同地	47 字根 equ	equ
78	equate	**v.** 使平等	47 字根 equ	equ
79	erect	**adj.** 豎立的、直立的	08 字首 ex-	e-
80	erection	**n.** 豎立、直立	08 字首 ex-	e-
81	exact	**adj.** 確切的	08 字首 ex-	ex-
82	exactly	**adv.** 確切地	08 字首 ex-	ex-
83	exceed	**v.** 超越	08 字首 ex-	ex-
84	except	**prep.** 除外	08 字首 ex-	ex-
85	exception	**n.** 例外	08 字首 ex-	ex-
86	excess	**n.** 超過	08 字首 ex-	ex-
87	excessive	**adj.** 過度的	08 字首 ex-	ex-
88	exclusion	**n.** 排除、排斥	08 字首 ex-	ex-
89	exclusive	**adj.** 排外的、獨佔的	08 字首 ex-	ex-
90	exhibit	**n.** 展覽品 **v.** 展示	08 字首 ex-	ex-
91	exhibition	**n.** 博覽會、展示	08 字首 ex-	ex-

詞素卡 2	詞素 2	詞素卡 3	詞素 3	詞素卡 4	詞素 4
67 字根 spect	spise				
67 字根 spect	spite				
49 字根 fer	fer				
49 字根 fer	fer	23 字尾 -ance	-ent	22 字尾 -al	-ial
21 字尾 -able	-able				
45 字根 claus	close				
58 字根 ordin	order				
58 字根 ordin	order	36 字尾 -ly	-ly		
16 字首 pre-	pro-	59 字根 part	port	30 字尾 -ion	-ion
48 字根 fact	fect				
56 字根 move	mot	30 字尾 -ion	-ion		
56 字根 move	mot	30 字尾 -ion	-ion	22 字尾 -al	-al
56 字根 move	mot	33 字尾 -ive	-ive		
45 字根 claus	close				
61 字根 quest	quire				
65 字根 ten	tain				
22 字尾 -al	-al				
22 字尾 -al	-al	36 字尾 -ly	-ly		
24 字尾 -ate	-ate				
62 字根 rect	rect				
62 字根 rect	rect	30 字尾 -ion	-ion		
41 字根 act	act				
41 字根 act	act	36 字尾 -ly	-ly		
44 字根 cede	ceed				
43 字根 cap	cept				
43 字根 cap	cept	30 字尾 -ion	-ion		
44 字根 cede	cess				
44 字根 cede	cess	33 字尾 -ive	ive		
45 字根 claus	clus	30 字尾 -ion	-ion		
45 字根 claus	clus	33 字尾 -ive	-ive		
52 字根 hab	hibit				
52 字根 hab	hibit	30 字尾 -ion	-ion		

編號	單字	中文解釋	詞素卡 1	詞素 1
92	exit	n. 出口	08 字首 ex-	ex-
93	factory	n. 工廠	48 字根 fact	fact
94	fluency	n. 流暢	50 字根 flu	flu
95	fluent	adj. 流暢的	50 字根 flu	flu
96	fluxion	n. 流動、流出	50 字根 flu	flux
97	illegal	adj. 不合法的	10 字首 in- (2)	il-
98	impede	v. 妨礙	10 字首 in- (2)	im-
99	incapable	adj. 不能勝任的	09 字首 in- (1)	in-
100	inclusion	n. 包含	09 字首 in- (1)	in-
101	inclusive	adj. 包含的	09 字首 in- (1)	in-
102	incorrect	adj. 不正確的	09 字首 in- (1)	in-
103	induce	v. 引誘	09 字首 in- (1)	in-
104	infect	v. 感染	09 字首 in- (1)	in-
105	infection	n. 傳染	09 字首 in- (1)	in-
106	infective	adj. 傳染的	09 字首 in- (1)	in-
107	influence	v. 影響 n. 影響力	09 字首 in- (1)	in-
108	influential	adj. 有影響力的	09 字首 in- (1)	in-
109	influx	n. 流入、灌輸	09 字首 in- (1)	in-
110	ingredient	n. 成份	09 字首 in- (1)	in-
111	inhabit	v. 居住於	09 字首 in- (1)	in-
112	inhabitant	n. 居民	09 字首 in- (1)	in-
113	inhibit	v. 抑制、禁止	09 字首 in- (1)	in-
114	inhibition	n. 抑制、禁止	09 字首 in- (1)	in-
115	initial	n. 姓名的首字母 adj. 最初的	09 字首 in- (1)	in-
116	initially	adv. 開頭	09 字首 in- (1)	in-
117	inject	v. 注射、加入	09 字首 in- (1)	in-
118	injection	n. 注射	09 字首 in-(1)	in-
119	inquest	n. 審訊	09 字首 in- (1)	in-
120	inquire	v. 詢問、調查	09 字首 in- (1)	in-
121	inquisition	n. 調查	09 字首 in- (1)	in-
122	inquisitive	adj. 好問的、好奇的	09 字首 in- (1)	in-
123	inspect	v. 檢查、審查	09 字首 in- (1)	in-

詞素卡 2	詞素 2	詞素卡 3	詞素 3	詞素卡 4	詞素 4
53 字根 it	it				
39 字尾 -ory	-ory				
23 字尾 -ance	-ency				
23 字尾 -ance	-ent				
30 字尾 -ion	-ion				
55 字根 leg	leg	22 字尾 -al	-al		
60 字根 ped	pede				
43 字根 cap	cap	21 字尾 -able	-able		
45 字根 claus	clus	30 字尾 -ion	-ion		
45 字根 claus	clus	33 字尾 -ive	-ive		
04 字首 com-	cor-	62 字根 rect	rect		
46 字根 duct	duce				
48 字根 fact	fect				
48 字根 fact	fect	30 字尾 -ion	-ion		
48 字根 fact	fect	33 字尾 -ive	-ive		
50 字根 flu	flu	23 字尾 -ance	-ence		
50 字根 flu	flu	23 字尾 -ance	-ent	22 字尾 -al	-ial
50 字根 flu	flux				
51 字根 grad	gred	23 字尾 -ance	-ient		
52 字根 hab	habit				
52 字根 hab	habit	23 字尾 -ance	-ant		
52 字根 hab	hibit				
52 字根 hab	hibit	30 字尾 -ion	-ion		
53 字根 it	it	22 字尾 -al	-ial		
53 字根 it	it	22 字尾 -al	-ial	36 字尾 -ly	-ly
54 字根 ject	ject				
54 字根 ject	ject	30 字尾 -ion	-ion		
61 字根 quest	quest				
61 字根 quest	quire				
61 字根 quest	quisit	30 字尾 -ion	-ion		
61 字根 quest	quisit	33 字尾 -ive	-ive		
67 字根 spect	spect				

編號	單字	中文解釋	詞素卡 1	詞素 1
124	intellect	n. 智力、理解力	11 字首 inter-	intel-
125	intellectual	n. 知識份子 adj. 智力的	11 字首 inter-	intel-
126	intelligence	n. 智能、情報	11 字首 inter-	intel-
127	intelligent	adj. 有才智的	11 字首 inter-	intel-
128	intent	n. 目的 adj. 專注的	09 字首 in- (1)	in-
129	interact	v. 互相作用	11 字首 inter-	inter-
130	interaction	n. 互相影響	11 字首 inter-	inter-
131	intercede	v. 仲裁、調解	11 字首 inter-	inter-
132	interjacent	adj. 在中間的	11 字首 inter-	inter-
133	interview	n. v. 訪問、面談	11 字首 inter-	inter-
134	interviewer	n. 接見者	11 字首 inter-	inter-
135	introduce	v. 介紹、引導	11 字首 inter-	intro-
136	introduction	n. 介紹	11 字首 inter-	intro-
137	jetty	n. 防波堤、登岸碼頭	54 字根 ject	jet
138	legal	adj. 合法的、法律的	55 字根 leg	leg
139	motion	n. 動作、運動	56 字根 move	mot
140	motive	n. 動機 adj. 成為原動力的 v. 使產生動機	56 字根 move	mot
141	namely	adv. 即、那就是	57 字根 nom	name
142	nominate	v. 提名、任命	57 字根 nom	nomin
143	orderly	adj. 有秩序的	58 字根 ordin	order
144	ordinal	n. 序數 adj. 順序的	58 字根 ordin	ordin
145	ordinate	n. （數學上的）縱座標	58 字根 ordin	ordin
146	perceive	v. 察覺	15 字首 per-	per-
147	perception	n. 察覺	15 字首 per-	per-
148	perfect	adj. 完美的 v. 使完美	15 字首 per-	per-
149	perfection	n. 完美	15 字首 per-	per-
150	perfective	adj. 完美的	15 字首 per-	per-
151	persist	v. 堅持	15 字首 per-	per-
152	persistence	n. 堅持	15 字首 per-	per-
153	precede	v. 處在前面	16 字首 pre-	pre-
154	prefer	v. 寧可	16 字首 pre-	pre-
155	preferable	adj. 更好的	16 字首 pre-	pre-

詞素卡 2	詞素 2	詞素卡 3	詞素 3	詞素卡 4	詞素 4
55 字根 leg	lect				
55 字根 leg	lect	22 字尾 -al	-ual		
55 字根 leg	lig	23 字尾 -ance	-ence		
55 字根 leg	lig	23 字尾 -ance	-ent		
65 字根 ten	tent				
41 字根 act	act				
41 字根 act	act	30 字尾 -ion	-ion		
44 字根 cede	cede				
54 字根 ject	jac	23 字尾 -ance	-ent		
70 字根 vid	view				
70 字根 vid	view	25 字尾 -er	-er		
46 字根 duct	duce				
46 字根 duct	duct	30 字尾 -ion	-ion		
40 字尾 -ty	-ty				
22 字尾 -al	-al				
30 字尾 -ion	-ion				
33 字尾 -ive	-ive				
36 字尾 -ly	-ly				
24 字尾 -ate	-ate				
36 字尾 -ly	-ly				
22 字尾 -al	-al				
24 字尾 -ate	-ate				
43 字根 cap	ceive				
43 字根 cap	cept	30 字尾 -ion	-ion		
48 字根 fact	fect				
48 字根 fact	fect	30 字尾 -ion	-ion		
48 字根 fact	fect	33 字尾 -ive	-ive		
63 字根 sta	sist				
63 字根 sta	sist	23 字尾 -ance	-ence		
44 字根 cede	cede				
49 字根 fer	fer				
49 字根 fer	fer	21 字尾 -able	-able		

編號	單字	中文解釋	詞素卡 1	詞素 1
156	preference	n. 偏愛	16 字首 pre-	pre-
157	presidency	n. 總統的（職權、任期）	16 字首 pre-	pre-
158	president	n. 總統、總裁	16 字首 pre-	pre-
159	presidential	adj. 總統的	16 字首 pre-	pre-
160	prevail	v. 流行、佔優勢	16 字首 pre-	pre-
161	prevalence	n. 流行、普遍	16 字首 pre-	pre-
162	prevalent	v. 流行的、普遍的	16 字首 pre-	pre-
163	preview	n. 預習	16 字首 pre-	pre-
164	proceed	v. 繼續進行、進展	16 字首 pre-	pro-
165	proceeding	n. 系列事件	16 字首 pre-	pro-
166	process	n. 過程 v. 處理	16 字首 pre-	pro-
167	produce	v. 製造、產生	16 字首 pre-	pro-
168	product	n. 產品、生產	16 字首 pre-	pro-
169	production	n. 製造、生產	16 字首 pre-	pro-
170	productive	adj. 多產的、富饒的	16 字首 pre-	pro-
171	profit	n. 利潤	16 字首 pre-	pro-
172	profitable	adj. 有利的、有益的	16 字首 pre-	pro-
173	progress	v. 進步	16 字首 pre-	pro-
174	progressive	adj. 進步的	16 字首 pre-	pro-
175	prohibit	v. 禁止	16 字首 pre-	pro-
176	prohibition	n. 禁止、禁令	16 字首 pre-	pro-
177	prohibitive	adj. 禁止的	16 字首 pre-	pro-
178	project	n. v. 提案、發射	16 字首 pre-	pro-
179	projection	n. 設計、規劃	16 字首 pre-	pro-
180	projective	adj. 投影的	16 字首 pre-	pro-
181	pronoun	n. 代名詞	16 字首 pre-	pro-
182	proportion	n. 比例、部分	16 字首 pre-	pro-
183	proportional	adj. 成比例的	16 字首 pre-	pro-
184	prospect	n. 指望 v. 期望	16 字首 pre-	pro-
185	provide	v. 提供	16 字首 pre-	pro-
186	provision	n. 供應	16 字首 pre-	pro-
187	question	n. 問題 v. 詢問	61 字根 quest	quest

詞素卡 2	詞素 2	詞素卡 3	詞素 3	詞素卡 4	詞素 4
49 字根 fer	fer	23 字尾 -ance	-ence		
64 字根 sed	sid	23 字尾 -ance	-ency		
64 字根 sed	sid	23 字尾 -ance	-ent		
64 字根 sed	sid	23 字尾 -ance	-ent	22 字尾 -al	-ial
69 字根 val	vail				
69 字根 val	val	23 字尾 -ance	-ence		
69 字根 val	val	23 字尾 -ance	-ent		
70 字根 vid	view				
44 字根 cede	ceed				
44 字根 cede	ceed	29 字尾 -ing	-ing		
44 字根 cede	cess				
46 字根 duct	duce				
46 字根 duct	duct				
46 字根 duct	duct	30 字尾 -ion	-ion		
46 字根 duct	duct	33 字尾 -ive	-ive		
48 字根 fact	fit				
48 字根 fact	fit	21 字尾 -able	-able		
51 字根 grad	gress				
51 字根 grad	gress	33 字尾 -ive	-ive		
52 字根 hab	hibit				
52 字根 hab	hibit	30 字尾 -ion	-ion		
52 字根 hab	hibit	33 字尾 -ive	-ive		
54 字根 ject	ject				
54 字根 ject	ject	30 字尾 -ion	-ion		
54 字根 ject	ject	33 字尾 -ive	-ive		
57 字根 nom	noun				
59 字根 part	port	30 字尾 -ion	-ion		
59 字根 part	port	30 字尾 -ion	-ion	22 字尾 -al	-al
67 字根 spect	spect				
70 字根 vid	vide				
70 字根 vid	vis	30 字尾 -ion	-ion		
30 字尾 -ion	-ion				

編號	單字	中文解釋	詞素卡 1	詞素 1
188	questionable	**adj.** 可疑的、引起爭論的	61 字根 quest	quest
189	react	**v.** 作出反應	17 字首 re-	re-
190	reaction	**n.** 反應、反作用力	17 字首 re-	re-
191	receipt	**v.** 出具……收據 **n.** 收據	17 字首 re-	re-
192	receive	**v.** 接受	17 字首 re-	re-
193	recess	**n.** 休息 **v.** 休會	17 字首 re-	re-
194	recession	**n.** 退卻、蕭條	17 字首 re-	re-
195	recessive	**adj.** 後退的	17 字首 re-	re-
196	rectal	**adj.** 直腸的	62 字根 rect	rect
197	redact	**v.** 編寫、校訂	17 字首 re-	red-
198	reduce	**v.** 減少	17 字首 re-	re-
199	reduction	**n.** 減少	17 字首 re-	re-
200	refer	**v.** 使參考、談到	17 字首 re-	re-
201	referable	**adj.** 可交付的、可歸因的	17 字首 re-	re-
202	reference	**n.** 參考、諮詢	17 字首 re-	re-
203	region	**n.** 區域、領域	62 字根 rect	reg
204	regress	**v.** 退回	17 字首 re-	re-
205	regression	**n.** 退步、退化	17 字首 re-	re-
206	regressive	**adj.** 後退的	17 字首 re-	re-
207	reject	**v.** 駁回、拒絕	17 字首 re-	re-
208	rejection	**n.** 拒絕	17 字首 re-	re-
209	removable	**adj.** 可移動的、可除去的	17 字首 re-	re-
210	removal	**n.** 除去、罷免	17 字首 re-	re-
211	remove	**v.** 移動、移除	17 字首 re-	re-
212	renown	**n.** 名望	17 字首 re-	re-
213	request	**n.** 請求 **v.** 要求	17 字首 re-	re-
214	require	**v.** 要求、需要	17 字首 re-	re-
215	resident	**n.** 居民 **adj.** 定居的	17 字首 re-	re-
216	respect	**n.** 尊敬 **v.** 重視	17 字首 re-	re-
217	respectful	**n.** 尊敬人的	17 字首 re-	re-
218	respective	**adj.** 分別的	17 字首 re-	re-
219	respectively	**adv.** 分別地	17 字首 re-	re-

詞素卡 2	詞素 2	詞素卡 3	詞素 3	詞素卡 4	詞素 4
30 字尾 -ion	-ion	21 字尾 -able	-able		
41 字根 act	act				
41 字根 act	act	30 字尾 -ion	-ion		
43 字根 cap	ceipt				
43 字根 cap	ceive				
44 字根 cede	cess				
44 字根 cede	cess	30 字尾 -ion	-ion		
44 字根 cede	cess	33 字尾 -ive	-ive		
22 字尾 -al	-al				
41 字根 act	act				
46 字根 duct	duce				
46 字根 duct	duct	30 字尾 -ion	-ion		
49 字根 fer	fer				
49 字根 fer	fer	21 字尾 -able	-able		
49 字根 fer	fer	23 字尾 -ance	-ence		
30 字尾 -ion	-ion				
51 字根 grad	gress				
51 字根 grad	gress	30 字尾 -ion	-ion		
51 字根 grad	gress	33 字尾 -ive	-ive		
54 字根 ject	ject				
54 字根 ject	ject	30 字尾 -ion	-ion		
56 字根 move	mov	21 字尾 -able	-able		
56 字根 move	mov	22 字尾 -al	-al		
56 字根 move	move				
57 字根 nom	nown				
61 字根 quest	quest				
61 字根 quest	quire				
64 字根 sed	sid	23 字尾 -ance	-ent		
67 字根 spect	spect				
67 字根 spect	spect	26 字尾 -ful	-ful		
67 字根 spect	spect	33 字尾 -ive	-ive		
67 字根 spect	spect	33 字尾 -ive	-ive	36 字尾 -ly	-ly

編號	單字	中文解釋	詞素卡 1	詞素 1
220	retreat	v. 撤退	17 字首 re-	re-
221	review	n. 複習、評論	17 字首 re-	re-
222	special	adj. 特別的	67 字根 spect	spec
223	specialist	n. 專家	67 字根 spect	spec
224	specialize	v. 使專門化	67 字根 spect	spec
225	station	n. 位置、車站	63 字根 sta	sta
226	subject	n. 主題	18 字首 sub-	sub-
227	subjective	adj. 主觀的	18 字首 sub-	sub-
228	subordinate	n. 屬下 adj. 下級的 v. 使服從	18 字首 sub-	sub-
229	succeed	v. 成功、繼承	18 字首 sub-	suc-
230	suffer	v. 受苦	18 字首 sub-	suf-
231	superstition	n. 迷信	19 字首 super-	super-
232	survey	n. 調查 v. 測量	19 字首 super-	sur-
233	sustain	v. 維持、遭受	18 字首 sub-	sus-
234	tenancy	n. 租賃、租賃期間	65 字根 ten	ten
235	tenant	n. 房客、佃農	65 字根 ten	ten
236	tension	n. 緊張、壓力 v. 使緊張	65 字根 ten	tens
237	transact	v. 交易	20 字首 trans-	trans-
238	transaction	n. 交易	20 字首 trans-	trans-
239	transit	n. v. 通過、運送	20 字首 trans-	trans-
240	transition	n. 過渡、變遷	20 字首 trans-	trans-
241	treatment	n. 治療、處理	66 字根 tract	treat
242	unequal	adj. 不相等的 n. 不相等的事物	10 字首 in- (2)	un-
243	vision	n. 視力、願景	70 字根 vid	vis
244	visit	v. 拜訪	70 字根 vid	vis
245	visual	adj. 視覺的、看得見的	70 字根 vid	vis

詞素卡 2	詞素 2	詞素卡 3	詞素 3	詞素卡 4	詞素 4
66 字根 tract	treat				
70 字根 vid	view				
22 字尾 -al	-ial				
22 字尾 -al	-ial	32 字尾 -ist	-ist		
22 字尾 -al	-ial	34 字尾 -ize	-ize		
30 字尾 -ion	-tion				
54 字根 ject	ject				
54 字根 ject	ject	33 字尾 -ive	-ive		
58 字根 ordin	ordin	24 字尾 -ate	-ate		
44 字根 cede	ceed				
49 字根 fer	fer				
63 字根 sta	stit	30 字尾 -ion	-ion		
70 字根 vid	vey				
65 字根 ten	tain				
23 字尾 -ance	-ancy				
23 字尾 -ance	-ant				
30 字尾 -ion	-ion				
41 字根 act	act				
41 字根 act	act	30 字尾 -ion	-ion		
53 字根 it	it				
53 字根 it	it	30 字尾 -ion	-ion		
37 字尾 -ment	-ment				
47 字根 equ	equ	22 字尾 -al	-al		
30 字尾 -ion	-ion				
53 字根 it	it				
22 字尾 -al	-ual				

Dana 老師在此提供 3 篇範文，讓讀者們運用 PART 2 Chapter 3（頁 150-157）所教的方法，多多練習結合閱讀與卡牌的遊戲。

● **For beginners（1）**

目標單字

unfortunately	concept
unfair	semiconductor
invisible	conference
avoid	extraordinary
accept	exclusive
preview	acquire
elementary	

Hi! My name is Jack; I am 10 years old. I am also an extraordinary elementary school student. I showed the best concepts in computer programming when I was very young. I accepted a job offer in a semiconductor factory in Hsin Chu Science Park when I was 9 years old. One of my researches acquired an exclusive patent in 5 countries. The crews in my office have to send their projects for my preview every day. I know how to avoid mistakes.

I have to attend 3 conferences every morning. These adults give me invisible pressure all the time.

"Jack, Jack, rise and shine!! It's breakfast time !"

Oh no! Unfortunately, it's only a dream.

目標單字的詞素分析

1. unfortunately：un ＋ fortunate ＋ ly
2. unfair：un ＋ fair
3. invisible：in ＋ vis ＋ ble
4. avoid：a ＋ void
5. accept：a（c）＋ cept
6. preview：pre ＋ view
7. elementary：element ＋ ary
8. concept：con ＋ cept
9. semiconductor：semi ＋ conduct ＋ or
10. conference：con ＋ fer ＋ ence
11. extraordinary：extra ＋ ordin ＋ ary
12. exclusive：ex ＋ clu ＋ sive
13. acquire：ac ＋ quire

● For beginners（2）

overdue	initial
actually	sentimental
progressive	achievement
addict	personal
assume	allowance
immortal	ambitious
achievement	capable
competitive	capture
project	

I love reading. Actually, I am kind of addicted to it. I usually stop off in a virtual bookstore and pick one or two books with my allowance when going around downtown. I never forget to put my initial signature on the book cover before placing it on the bookshelf. Sometimes, I choose to borrow books from the library in Main Street. Whenever I immerse myself into the book, I might turn sentimental and even forget the due date. Consequently, I had to pay a fine of 50 cents per book for each day overdue.

There are variety of books in the library but very few people take advantage of it. I assume that people would rather read

E-books. Reading immortal masterpieces is one of the best ways of capturing ideas for doing projects. In my mind, progressive achievement in reading will make one ambitious and capable of facing any challenges in this highly competitive society.

目標單字的詞素分析

1. overdue：over ＋ due
2. actually：actual ＋ ly
3. progressive：pro ＋ gress ＋ ive
4. addict：ad ＋ dict
5. assume：a（s）＋ sume
6. immortal：i（m）＋ mort ＋ al
7. achievement：achieve ＋ ment
8. competitive：compete ＋ ive
9. project：pro ＋ ject
10. initial：in ＋ it ＋ al
11. sentimental：sent（i）＋ ment ＋ al
12. achievement：achieve ＋ ment
13. personal：person ＋ al
14. allowance：allow ＋ ance
15. ambitious：ambi ＋ tious
16. capable：cap ＋ able
17. capture：cap ＋ ture（名詞字尾）

目標單字

picturesque	endoscope
claustrophobia	extracurricular
referral	antipathy
itinerary	eccentric
assessment	

Since I had been suffering from bloating for more than three months, my doctor finally scheduled an endoscopy for me last Wednesday when I had no school. By the way, I am a scholarship girl at a private, eccentric college. The result indicated that nothing is wrong. But my stomach hurts badly after endoscopy. Medication didn't work at all, the bloating and gas bothered me a lot. Therefore, I received a referral from my physician to a mental health professional. He thought college classes made me anxious.

Seeing a shrink, or a clinical psychologist, is kind of common in NYC. It's just like a personal trainer in the gym. My psychologist is a young lady, who diagnosed me with claustrophobia after asking my symptoms. I didn't notice that I hated elevators that much. And I always have diarrhea and bad headache when flying. That explains why I had antipathy to small spaces. When panic attacks occurred, they were accompanied by sweating and chest pains. She suggested that I should take a vacation nearby, since flying is always like a battle for me when traveling. She helped me set my itinerary, and showed me some nice postcards sent by other patients which featured picturesque scenes. She asked me to send her a postcard instead of texting her through Facebook messenger when I get there. And she made another appointment for me in two weeks for another psychological assessment.

Health is priceless. I decided to listen to my doctor's advice, and go for a trip. It's too bad that travel doesn't count as an extracurricular activity. I can't wait for this vacation.

目標單字的詞素分析

1. picturesque：picture（s）＋ que
2. claustrophobia：claust ＋ phobia
3. referral：re ＋ fer ＋ al
4. itinerary：it ＋ iner ＋ ary
5. assessment：as ＋ sess ＋ ment
6. endoscope：endo ＋ scope
7. extracurricular：extra ＋ curricular
8. antipathy：a ＋ pathy
9. eccentric：ex ＞ ec ＋ centric

國家圖書館出版品預行編目（CIP）資料

字首、字根、字尾記憶法【修訂版】：128張英語桌遊卡牌，
　破解70個字根首尾變化組合，延伸背更多／蘇秦、楊智民、
　Dana作. --二版. --臺中市：晨星出版有限公司, 2024.06
　　184面；16.5×22.5公分. --（語言學習；03）
　　ISBN 978-626-320-827-8（平裝）

　1.CST：英語　2.CST：詞彙

805.12　　　　　　　　　　　　　　　　113004406

語言學習 03

字首、字根、字尾記憶法【修訂版】

128張英語桌遊卡牌，破解70個字根首尾變化組合，延伸背更多

作者	蘇秦、楊智民、Dana
編輯	余順琪
編輯助理	林吟築
封面設計	耶麗米工作室
內頁設計	李京蓉
內頁排版	林姿秀
創辦人	陳銘民
發行所	晨星出版有限公司
	407台中市西屯區工業30路1號1樓
	TEL：04-23595820　FAX：04-23550581
	E-mail：service-taipei@morningstar.com.tw
	http://star.morningstar.com.tw
	行政院新聞局局版台業字第2500號
法律顧問	陳思成律師
初版	西元2019年05月15日
二版	西元2024年06月01日
讀者服務專線	TEL：02-23672044／04-23595819#212
讀者傳真專線	FAX：02-23635741／04-23595493
讀者專用信箱	service@morningstar.com.tw
網路書店	http://www.morningstar.com.tw
郵政劃撥	15060393（知己圖書股份有限公司）
印刷	上好印刷股份有限公司

線上讀者回函

定價 499 元
（如書籍有缺頁或破損，請寄回更換）
ISBN：978-626-320-827-8

Published by Morning Star Publishing Inc.
Printed in Taiwan
All rights reserved.

──────── | 最新、最快、最實用的第一手資訊都在這裡 | ────────